文春文庫

父の声

小杉健治

文藝春秋

目次

父の声

第一章　張込み

1

　五月の爽やかな風が吹いている。街路樹の緑が陽光に輝いている。夏日が続いていて、道行くひとはほとんどが半袖だ。

　関東信越厚生局麻薬取締部捜査一課長の篠田《しのだ》幸造《こうぞう》は指揮車両の後部座席で、ＪＲ金町《かなまち》駅から歩いて五分ほどの場所にあるマンションの入口を見ていた。エンジンを止め、車内のカーテンは閉めてある。

　張込みをしているのは捜査一課の課員六名。篠田が四十五歳、角刈りでがっしりした体格だ。運転席には三十六歳の木下《きのした》。助手席に二十九歳の女性取締官、海藤《かいとう》りながいる。さらに、少し離れた場所に停めたワゴン車に四十九歳のベテランの橋田《はしだ》と若い浅村《あさむら》、与野《よの》の三人の取締官がいた。

　だんだん辺りは薄暗くなってきた。張込みは麻薬取締官にとっては重要な任務のひとつだ。ただただ、目的の相手を待ち続けるのだ。

「課長」

海藤が口を開いた。

篠田はガラス窓に額をつけた。河原一郎《かわはらいちろう》が髪の長い女とマンションに入って行くところだった。

河原は一時、バラエティ番組にも出ていた売れっ子タレントだ。ここ数年、テレビで見ることはなくなった。

生放送をドタキャンしたり、本番の録画中に急に怒りだしたり、いきなり放送禁止用語を口走ったり、奇行が目立った。薬をやっているのではないかと噂が立った。本人は真っ向から否定していたが、テレビ局のほうもだんだん使わなくなっていた。

仕事を失った河原はますます薬に依存するようになっていったのだ。

海藤が車を下り、マンションの裏手に向かった。彼女は小柄ながら合気道の有段者だ。

篠田は柔道をしており、木下も柔道六段だ。

麻薬取締官は組事務所にガサ入れすることもあり、身を守る術《すべ》は心得ておく必要はあった。

海藤が戻ってきた。

「三階の部屋の明かりがつきました」

「もう少し待とう」

「はい」

海藤は助手席に乗り込んだ。

男女がいっしょに覚醒剤を使うのは快楽を求めてだ。カップルで覚醒剤をやり、セックスをするのだ。激しい快楽を長時間味わうことが出来る。しかし、その代償は大きい。

河原と女がマンションに入って十分経った。

「踏み込みますか」

木下が言う。

「よし」

この二年間、内偵を続けて確証を掴んだ。河原はあの部屋で薬を使っているのだ。

マンションの横の路地に駐車している捜査車両に無線で声をかける。

「行くぞ」

篠田は車を下り、木下、海藤とともにマンションに向かった。他の取締官も車を下りてきた。

管理人にオートロックを解除してもらい、マンションのエントランスに入る。横にあるエレベーターのドアを開ける。エレベーターで三階に上がり、河原の部屋の前に立った。

インターホンを押す。

間があって、はいという無愛想な声がした。

「すみません。管理人ですが、水漏れの知らせがあったので」

木下が呼びかける。

ドアスコープから覗いているようだ。他の者は姿を隠している。

しばらくして、ドアが開いた。

すかさず篠田が前に出て、

「河原一郎さんですね。関東麻薬取締官の篠田です」

そう名乗ったとき、いきなり河原は奥に逃げた。木下が追った。河原はリビングのテーブルの上に出ていた白い粉を摑もうとした。が、その手を木下が押さえた。テーブルに注射器とビニール袋に入った白い粉があった。

最近は注射器を使わない者が増えている。アブリといって、ガラス管に覚醒剤を入れたり、アルミホイルに白い粉を載せ、ライターの炎で炙る。気化した覚醒剤を口や鼻から吸引する。しかし、アブリは刺激が弱く、持続時間も短い。激しい刺激を求める者は注射器を使う。

篠田はビニール袋を摑み、白い粉を見た。白い結晶だ。

「これはなんだ？」

「知らない」

「簡易検査をはじめる。この試薬で……」

篠田は言い、河原に検査の手順を説明した。

「覚醒剤だ」

　検査の結果が出た。

「あんたのではないのか」

「違う。預かっただけだ」

「誰から?」

「知らない男だ」

「腕を見せてくれ」

　篠田は手を伸ばした。

　河原はいきなり篠田を突き飛ばしベランダに向かった。木下が河原に飛びついた。

「おとなしくしろ」

　木下が強い口調で言う。

　篠田は河原の長袖シャツの袖をまくった。青黒い跡が無数にあった。

「シャブの注射跡だな」

「…………」

　河原は不貞腐れたように顔を背けた。まだ三十半ばのはずだが、痩せて、肌が黒ずみ、十歳以上は老けて見えた。

「河原一郎、覚醒剤所持・使用の容疑で逮捕する。今からこの部屋を覚醒剤取締法違反でガサする」

篠田は河原に宣した。

河原は急におとなしくなった。

「課長、こっちに女が」

海藤が呼んだ。

篠田は奥の寝室に行く。薄暗い中に、髪の長い女が怯えた目でベッドに座っていた。

あわてて、注射針を腕に刺そうとしていた。

「やめなさい」

海藤が怒鳴った。だが、女は無視して注射針を腕に当てた。

「だめ」

海藤は女の手首を摑み、注射器を取り上げた。

「なにするの」

女が目をつり上げた。

「薬はだめ」

「私の勝手でしょ」

女は叫ぶ。

「ちょっと腕を見せて」

海藤が手を伸ばす。

「なにすんのさ」

手を払いのける。

「見せなさい」

海藤は手首を摑んだ。

「こんなになって」

海藤が眉をひそめた。

篠田は女の腕を見た。なんという細さだ。無数の黒ずんだ注射跡。

「もう打つところがないじゃないか」

篠田は叱りつける。

瘦せて首も細い。目の下に隈が出来、肌も荒れていた。

「あなたの名前は？」

海藤がきいた。

「…………」

「名前を教えて」

「堀部《ほりべ》しのぶ……」

「河原一郎とはどういう関係？」

「…………」

「恋人なんでしょう？」

しのぶは頷く。

「堀部しのぶ、覚醒剤所持と使用の容疑で現行犯逮捕する」

わっと、いきなりしのぶは泣きだした。


関東信越厚生局麻薬取締部は東京都千代田区九段にある。

合同庁舎十七階にある事務所は夜の十時を過ぎても明かりが灯っていた。捜査官室から篠田は取調室に向かった。河原一郎と堀部しのぶは尿検査と毛髪検査を済ませ、別々の取調室に入った。

篠田は木下とともに河原一郎の取り調べに当たった。

取調室は三畳ほどのスペースで、真ん中にスチール机が置いてある。すでに来ていた河原と机をはさんで向かい合って座る。

「あなたには黙秘権があります」

刑事訴訟法の手続きに則り、被疑者の権利を説明した。

河原は黙って聞いている。

「念のために改めて訊ねるが、名前は？」

「河原一郎です」

「仕事は？」

「……無職です」

「無職か」

篠田は呟き、

「よく、あなたをテレビで見た。急にテレビに出なくなったね。何かあったのか」

「飽きられたんでしょう。冷たいもんですよ」

河原は自嘲ぎみに言う。

「最近はなにも仕事をしていなかったのか」

「ときたま知り合いのスナックで働いたり……」

河原は消え入りそうな声で言う。

「これからいろいろきいていくが、正直に話してもらいたい」

篠田は河原の顔を見つめた。

「はい」

河原は素直に頷く。

「薬はいつからやっているんだね」

篠田は口調を鋭くしてきいた。

「二年前から」

「二年前？」

篠田は疑い深い目を向けた。

「テレビの仕事がなくなって、焦りと不安から……。ストレスが溜まり」

「我々が得ている情報だと、テレビに出ているときからではないかということだが」

篠田は鋭くきく。

「違います」

「正直に答えてくれないと困る。でないと、あんたの答えはどれも信用出来ないということになる」

「…………」

「どうなんだ？」

「すみません。テレビに出ている頃からです」

「きっかけは？」

「あとからあとから新人が出てきて、いつか業界での自分の位置が脅かされるという不安から、つい」

「薬はどうやって手に入れたのだ？」

「六本木の裏通りで、男に声をかけられたんです」

「名は？」

「知りません」

「毎回、その男から買っているのか」

「そうです」

「いくらで買っているんだ？」

「ゼロイチのパケで一万円です」

ゼロイチは〇・一グラムのことだ。約二センチ四方のビニール袋に〇・一グラムの覚醒剤が入っているのをゼロイチのパケと呼んでいる。

「どうやって接触するのだ？」

「なくなった頃、向こうから近づいてきます」

「名前は？」

「知りません」

「ほんとうはあんたからも連絡をしているんじゃないのか」

「違います」

仕入れ先についてはなかなか言おうとしない。覚醒剤の所持と使用では初犯であれば執行猶予がつく。だが、売人の名を明かせば再び薬を手に入れたいときに困るのだ。そのうえ、身の危険があるかもしれない。

だから、おいそれとは言わないのだ。これについてはじっくり聞き出すしかない。

部屋のガサ入れのとき、電話帳や手帳、手紙、メモなどを押収した。そこに売人の名が記されているかもしれない。また、携帯の履歴も調べている。

「堀部しのぶとはいつからのつきあいだ？」

篠田は質問を変えた。

「五年前です。私のファンということで……」

「彼女はいつから薬を？」

「知りません」

「いっしょにはじめたのではないのか」

「違います」

「どっちが先にはじめたのだ？」

「向こうです」

「付き合い出したとき、彼女が薬をやっていることに気がつかなかったのか」

「気づきませんでした」

「じゃあ、彼女から誘われてか」

「………」

「どうなんだ？」

「そうです」

「薬は六本木の裏通りで売人に声をかけられたと言っていたな」

「はい」

「彼女から誘われたのだとしたら、彼女が薬を持っていたのではないのか」

「そうです」

「………」

「じゃあ、六本木の裏通りで声をかけてきた売人は？」

「彼女はなんと答えるかな」

河原は不安そうに目を泳がせた。

「………」

「今夜はこれまでにしよう」

篠田は切りあげた。

河原と堀部は木下たちが捜査車両で近くの警察署の留置場に連れて行った。

その夜は、篠田は事務所の仮眠室で休んだ。事務所に泊まるのはしょっちゅうだ。

篠田は家に帰っても待っている人間はいない。妻とは十年前に離婚し、娘とも別れた。四十五歳になる篠田は覚醒剤と闘っているときが孤独を忘れるときだった。

2

五月十八日土曜日。奥村順治《おくむらじゅんじ》は朝から落ち着かず、昼に近づくと、もう何も手がつけられなくなった。髪に白いものが目立つようになったが、そのぶん落ち着いた雰囲気を醸しだしている。

だが、今は情けないほど落ち着きをなくしていた。

仏壇の前に座り、妻孝子《たかこ》の位牌に手を合わせる。東京で暮らしている娘ののぞみが婚約者を連れて帰ってくるのだ。

のぞみに会うのは二年ぶり、妻の三回忌の法事以来だ。正月も夏も仕事が忙しいということで帰ってこなかった。

地元の高校を卒業後、ひとり娘ののぞみは東京の大学に入学し、家を出て行った。

順治の家は高岡市大手町にある。高岡大仏から古城公園に向かう途中だ。

高岡市は歴史の町でもある。慶長十四年（一六〇九）、加賀藩二代藩主・前田利長によって高岡城の城下町として開かれた。

高岡市は日本海に面する富山県の北西部に位置する。市内の西側は西山丘陵や二上山《ふたかみ》が連なり、北東側は富山湾、東側は庄川・小矢部《おやべ》川が流れていて良質な地下水に恵まれている。こうした自然豊かな地に生を受け、五十二歳になる今日まで順治は暮らしてきた。

順治は高校を卒業後、地元の機械や電子部品、さらには自動制御装置などを製造、販売する企業に就職した。

そこで開発部に所属し、自動制御装置の製造に携わった。二十四歳のときに会社の後輩だった孝子と結婚した。

新入で配属されてきた彼女を見て、順治は胸がときめくのを感じた。目が大きく、黒い瞳が輝いていた。

先輩と後輩という関係が変わったのは二年後だ。開発した製品のテストで仕様と違っていたことがわかり、その責任を順治が負わされた。順治に直接の責任はなかったが、見逃したことは事実なので叱責を甘んじて受けた。

それをなぐさめてくれたのが孝子だった。そこからふたりは急速に近づき、一年後に結婚していた。

その一年後に娘ののぞみが生まれた。難産で生まれたが、丈夫に育った。あやすと口を一杯に開けて笑い顔を見せた。声の出ない笑い顔を見て、俺はこの子のために生きていくと誓ったのだ。

その頃はまだ順治の両親は生きていた。ふたりとものぞみの誕生を喜んだ。順治の父親は高岡市の人間で、母親は富山市の出身だった。ふたりとも他界して今はいない。

ふたりがいなくなって、孝子とのぞみとの三人暮しになったが、のぞみが十二歳のときに新しい家族が増えた。

柴犬のジローが我が家にやってきたのだ。それからは笑い声の絶えない日々を送った。ジローは寝るときはのぞみのベッドの下で、冬などはのぞみのふとんにもぐり込んで寝ていることもあった。

のぞみを中心にした家族三人とジローとの暮しは毎日が楽しかった。のぞみの日々の成長に目を細めた。

子どもを連れ、車であちこち行った。もちろんジローもいっしょだった。

いつか子どもは自立していく。その覚悟は出来ていたつもりだったが、東京の大学に進学が決まったとき、順治は複雑な思いだった。

東京の板橋に部屋を借り、のぞみは出発した。

のぞみがこの家を去ったとき、順治は孝子に気づかれないように泣いた。

仕事から帰り、玄関を開けたとき、三和土《たたき》に靴がないのに気づき、のぞみはいないのだと、胸が締めつけられるような寂しさに襲われた。

自分でも情けないと思ったが、のぞみの部屋でひとり過ごすこともあった。そんな順治を妻は笑っていた。

妻と愛犬のジローとの暮しがはじまった。

会社には車で通うこともあるが、帰りに同僚とつい酒を呑んで帰ることが多くなって電車通勤をするようになっていた。

一年経って、ようやく娘のいない生活にも馴れたが、いつも心に何か大きな穴が空いたような虚しさがあった。

だが、寂しさに耐えた分、夏休みや正月休みに帰ってくるときの喜びはこの上ないものがあった。

のぞみは大学を卒業したあと、東京の会社に就職した。

妻にガンが見つかったのはのぞみが社会人になって一年目だった。すでにステージ4だった。宣告どおりに半年後に逝ってしまった。

「のぞみのことを頼んだわよ」

「心配するな。命に代えても守る」

それが、妻との最後の会話だった。孝子はまだ四十五歳だった。

今、のぞみは二十七歳だ。どんな男を連れてくるのか。順治は期待と不安がないまぜになった気持ちだった。


新幹線は富山駅を出た。奥村のぞみは思わず深呼吸をした。二年振りの帰郷だ。

母の三回忌に帰ったのが最後だった。平成二十七年に北陸新幹線が開通して東京からの時間的な距離が短くなったのに、のぞみには母のいない実家が遠いものに思えた。

母の死はショックだった。父には言えないことも母にはなんでも言えた。ジローには会いたかったが、母のいない家で父とふたりで過ごすことが辛かった。

父がのぞみを可愛がってくれていることはよくわかっている。自分のことを放ってまで、のぞみのために尽くす。

とにかく心配性だった。のぞみの顔色を窺い、元気そうにしていれば安心し、暗い顔をしていれば何かあったのではないかときいてくる。

のぞみのことを愛してくれているからこそとわかっていても煩わしかった。のぞみにかまわず自分の人生を楽しんで欲しいと言ったことがあるが、性分だからと父は苦笑しているだけだった。

父に対しての煩わしさはあるが、のぞみが実家に帰る気が起きなかった大きな理由は都会での暮しが楽しかったからだ。

映画やショッピングだけでなく、洒落たバーでカクテルを呑みながら過ごすのが心地よかった。そして、必ず隣には本間《ほんま》明《あきら》がいた。

本間明は三十六歳。輸入雑貨を卸す会社を経営している。背が高く、彫りの深い顔だちで野性的な感じの男だった。

のぞみは本間に夢中になった。だから、ときたま父から電話がかかってきたり、メールが来たりしても心に響かなかった。

だが、さすがに二年間も顔を出していないことへの後ろめたさを覚えた。結婚を考えていることもあり、今回の帰郷は本間を父に紹介するためだった。

車内アナウンスが新高岡駅に近づいたと告げると、本間が立ち上がり、荷物棚から荷を下ろした。

のぞみが本間と知り合ったのは五年前、大学を卒業する前に、親友と六本木のクラブに遊びに行ったときだった。

本間は男女三人で遊びにきていた。トイレの帰り、本間と擦れ違ったとき、声をかけてきたのだ。

のぞみは健康的でさわやかな印象を与える。くりっとして愛らしい目にすっとした鼻筋で、男の目を惹く容貌だったが、男性との深い付き合いはまだなかった。

「個室のVIPルームにいる。よかったら来ないか」

ナンパだったが、彫りが深く、背のすらりとした本間の誘いに、のぞみはあっさり乗ってしまった。いやがる親友を無理やり連れて、本間のあとについてVIPルームに入った。これが運命の出会いだった。

新高岡駅のホームに着いた。父はここまで車で迎えに来ると言っていたが、家で待っててと断った。本間が町並みを見ながら行こうと言ったからだが、ほんとうのところはあまり父と顔を合せたくないからだろうと思った。

ワンマン運転の城端線《じょうはなせん》に乗り換え、高岡駅に向かった。

車窓に馴染みの風景が広がっていた。

さっきから本間は眉根を寄せていた。

「どうかしたの？」

高岡駅のホームに下り立って、のぞみはきいた。

「どうしても行かなきゃダメか」

本間は少し不機嫌そうに言う。

「えっ、ここまで来て……」

なぜ、今になってそんなことを言うのか、のぞみは戸惑いながら言う。

ふたりは改札を出た。

懐かしい空気の匂いだ。のぞみは思い切り深呼吸をして、故郷の空気をいっぱい吸い込んだ。

ここで生まれ、十八歳まで過ごした地だ。いろいろな思い出が詰まっているが、やはり母のことは切なく思いだされる。

母は美しいひとだった。その母にそっくりだと言われると誇らしく思ったものだ。大学に入り、東京に向かうとき、父と母はホームまで見送ってくれた。電車が動きだしたとき、父が泣いているのに気づいた。

心配しないでと、のぞみは父と母に心の中で訴えた。あれから九年、ふと胸にしみ入るものがあった。

順治は窓から外を見ていた。そろそろ到着するはずだ。そわそわしていた。のぞみと再会する喜びと婚約者がどんな男か、その不安とがない交ぜになっていた。

この日を妻といっしょに迎えたかった。

男女ふたりの姿が見えた。ジローが吠えて玄関に向かった。順治も玄関に急いだ。ちょうどドアが開いて、のぞみが顔を出した。ジローが喜んでのぞみに飛びついていく。のぞみがしゃがんで首を抱く。ジローはペロペロと顔を舐めた。

「ジロー、覚えていてくれたのね」

のぞみは頬をすり寄せる。

やっとジローから離れ、のぞみは立ち上がった。

「ただいま」

のぞみが笑みを見せた。顔を見た瞬間、順治ははっとした。少し痩せたようだ。腕も細くなり、頬の肉が落ちている。

「お帰り」

順治は声をかけ、のぞみが持っていた荷物に手を伸ばして受け取る。

「どうぞ」

のぞみが振り向いて言う。

男が現われた。ジローが唸《うな》った。

「ジロー、いいんだよ」

のぞみがジローをなだめた。

「本間明さんよ」

のぞみが言うと、

「はじめまして」

と、本間は丁寧に挨拶をした。

いわゆるイケメンだが、少し崩れた雰囲気があり、順治は落胆した。だが、気づかれないように笑みを浮かべ、

「よく来てくれました。のぞみの父です。さあ、上がって」

と、促した。

ふたりは玄関を上がった。

「まず、母さんに挨拶をしてくれないか」

「ええ」

順治はふたりを仏壇の前に招じた。

さっき灯した灯明がまだ点いている。のぞみは線香を上げて、手を合わせた。

(母さん、のぞみが帰ってきたよ)

順治は心の中で妻に語りかけた。

それから茶の間に行き、改めて本間と向かい合った。

なにをどう切り出していいか、わからない。

「本間さんは高岡には?」

順治はきいた。

「はじめてです」

本間は答える。

台所からのぞみが茶を淹れてやってきた。

本間は口数が少ない。

「輸入品の雑貨を卸すお仕事と聞いていますが?」

「ええ」

「どんな品物があるのですか」

「皿や器、装身具など、いろいろです」

面倒くさそうな様子に思えた。それだけでなく、ときおり本間の目が鈍く光る。それは怖いくらいだ。

本間が湯呑みに手を伸ばしたとき、腕首が見えた。そのとき一瞬、青いものが見えた。

本間はすぐに手を引っ込めたために確認は出来なかった。

タトゥのようだ。

「実家はどこなんだね」

順治は笑みを引っ込めてきいた。

「九州です」

「九州のどこ？」

「…………」

本間は俯いて口を開こうとしない。

「どこなんだね」

「実家にはもう何年も帰っていないので」

本間は吐き捨てるように言う。

「ご両親はご健在なのかね」

「ええ、まあ」

「なぜ、何年も帰っていないのか」

順治は気になってきいた。

「いいじゃないですか。そんなこと」

本間は逆らうように言った。

「えっ？」

そんな態度に驚いた。本間は明らかにふてくされている。気まずい雰囲気を察したのか、のぞみが言った。

「父さん、ちょっと明さんにこの近くを案内してくる。高岡大仏を見たいそうなの、それに、石畳の町並みも。明さん、行きましょう」

本間は頷いて立ち上がった。

「すぐ帰ってきなさい」

のぞみは本間と外に出かけた。

順治は昂《たかぶ》っていた気持ちが急に冷えていくのがわかった。のぞみの相手は自分が思い描いていたような男ではないかもしれない。

夕方、辺りが薄暗くなって、のぞみが帰ってきた。ひとりだ。

「彼は？」

順治は訝《いぶか》ってきいた。

「久しぶりだから父娘ふたりで過ごしたほうがいいと言ってホテルに」

「ホテルだって？」

「うん、気を使ってるんだよ」

そんな男に見えなかった。

「彼、腕にタトゥを入れているのか」

順治はずばりきいた。

「…………」

「どうなんだ？」

「腕に少しだけだよ。おしゃれで入れているの」

「あの男、だいじょうぶなのか」

「だいじょうぶって何が？」

のぞみの顔色が変わった。

「ちゃんとした男なのか」

「父さん、誤解しないで。明さんはちゃんとしている人だよ」

のぞみがむきになって言う。

「ちゃんとしているのなら、うちに泊まるのが筋だろう」

「だから、気を使って……」

のぞみは困惑したように言う。

「ならいいが」

順治は折れた。

せっかく帰ってきたというのに気まずい思いをしたくなかった。

久しぶりに、のぞみとふたりで夕飯をとった。のぞみの足元にジローがいる。

「のぞみが好きだったかぶら寿司だ」

「うん。うれしい……」

のぞみは無理に笑顔を作っているようだ。

「母さんがいたら、のぞみの好きな料理を作ったんだが」

順治はしんみり言う。

「いいよ」

のぞみが缶ビールをグラスに注いでくれた。

「のぞみもどうだ？」

順治は注ごうとしたが、のぞみは首を横に振った。

「いい」

「彼とはどこで知り合ったのだね」

順治はきいた。

「友達の紹介」

答えまで間があった。

「彼はどうして実家のことを言わないんだ？」

「若い頃に家を出ているの」

「しかし、結婚するならちゃんと彼の両親にも挨拶にいかないと」

「いいの。縁を切ったと言っていたから」

「縁を切った？」

順治は眉根を寄せた。

さっきから、のぞみは寿司を食べようとしない。

「食べないのか」

「いただく」

だが、のぞみは手を伸ばさなかった。

どうも話が弾まない。のぞみはどこか上の空だ。気持ちは本間に向いているようだ。

「のぞみ、少し痩せたようだが、体調はどうだ？」

「元気だよ」

「悩みでもあるんじゃないのか」

「そんなものないよ」

「それならいいが」

順治は呟き、

「食欲がないようだから」

と、心配した。

夕餉《ゆうげ》のあと、

「父さん、やっぱり明さんのところに行ってくる」

「…………」

順治は言葉を失った。

二年振りに帰ったというのに……。

「すぐ帰るから」

のぞみはいそいそと出かけて行った。

のぞみは本間に夢中のようだ。

順治は落胆した。こんなはずじゃなかったと溜め息をつく。

仏壇の前に座り、蠟燭に火を灯す。線香をあげ、手を合わせた。

「母さん、何かのぞみは別人のようだ」

順治は呟く。

本間という男は気に入らなかった。のぞみにふさわしいとは思えない。

のぞみが帰ってきたのは十一時過ぎだった。

「ただいま」

順治は起きて待っていた。

「本間といっしょに飯を食ったのか」

「ええ」

のぞみはそのまま自分の部屋に向かいかけたが、途中で振り返り、

「父さん、ごめんね」

と、呟くように言った。

何に対して謝ったのか。夕飯を家で食べず、本間と食べたことをか。それともこっちが気に入らない男を連れてきたことに対してか。

「いいんだ。気にするな」

順治はそう言うしかなかった。

その夜、順治はなかなか寝つけなかった。

翌朝、朝食もとらず、のぞみは家を出た。本間が泊まっているホテルに行ったのだ。

のぞみは昼前に戻ってきた。

「彼は？」

「ちょっと用があるんですって」

はじめての土地にやってきてどんな用があると言うのだ。

「そうか。じゃあ、お墓には……」

「私は行くよ」

「そうか」

順治は安堵した。

昼飯を食べたあと、墓参りに出かけた。

車の後部座席にジローを乗せ、順治は車を発進させた。

城光寺橋を渡って小矢部川沿いを行く。JR氷見線《ひみせん》が走っている。やがて、伏木《ふしき》に入り、小矢部川を背にした大きな寺の駐車場に車を停め、ジローを抱いて山門を潜り、途中で買った花を持って墓地に向かう。

小矢部川が見渡せる墓地に孝子は眠っていた。墓の前に立つ。

花を手向け、線香に火を点けた。

順治はのぞみと並んで手を合わせた。ジローも神妙な様子で座っていた。

「母さん、ふたりできたよ」

順治は声をかける。

のぞみは目を閉じ、手を合わせていた。

「のぞみを守ってやってくれ」

順治は妻に頼んだ。

帰りの車で、

「久しぶりに雨晴《あまはらし》海岸に行ってみようか。母さんと三人でよく行ったものだ」

日本の渚百選に選ばれた雨晴海岸から海越しに見る三千メートル級の立山連峰は壮観だった。

「父さん。ごめんなさい」

「うむ、どうしたんだ？」

ハンドルを握りながら、順治はきいた。

「今日、帰ります」

「なに、帰る？」

「ええ」

「あの男が帰ると言っているのか」

「……………」

「のぞみ、あの男はだめだ」

「私、結婚したいの」

「だめだ。あの男は不誠実だ。結婚したら不幸になるだけだ」

「ひどいわ、そんな言い方」

「おまえは騙されているんだ」

「早く、家に帰って」

のぞみは強い口調で言った。

気まずい雰囲気のまま、順治は家に帰り、ポーチに車を駐車した。

「やっぱり帰ってこなければよかった」

引き止めるのを無視して、のぞみは家を出て行った。

順治は愕然として玄関で立ちすくんでいた。順治の中で何かが崩れていくような気がしていた。

3

逮捕から三日目。すでに、河原と堀部しのぶは検察庁に身柄が送られた。逮捕から四十八時間以内に送検しなければならないのだ。しかし、送検後も取り調べは続けられる。送検後、最大で二十日間の取り調べ期間がある。

覚醒剤の所持と使用については十分な証拠がある。部屋から覚醒剤が見つかり、尿検査で陽性反応も出ている。

しかし、知りたいのは仕入れ先であり、密売組織についてだ。

篠田幸造はこの日も河原一郎の取り調べを続けた。

「どうだ、ゆっくり休めるか」

「ええ、まあ」

河原は蒼白い顔で答える。

「そろそろ誰から仕入れたのか教えてもらえないか」

「六本木の裏通りで、声をかけてきた男からです」

「それはきいた。相手の名と連絡方法だ」

「ですから、なくなった頃、向こうから近づいてきます。名前は知りません」

「おまえから連絡をしていたはずだ」

「違います」

「携帯の履歴で、Xという相手に定期的に電話をしている。これが売人ではないのか」

「違います」

河原は首を横に振る。

「Xは今はプリペイド携帯を使っている。あんたが捕まったことを知って、携帯を変えたのだ。教えてくれないか。本名は？」

「知りません」

「報復が怖いのか」

「……………」

「いえ」

「じゃあ、また娑婆《しゃば》に戻ったとき、薬を買えなくなると困るからか。また、やるつもりだな」

「もうやりません」

河原は首を横に振る。

「そうだ。やめるんだ。これ以上シャブを続けたら、廃人になる。勇気を持って薬と縁を切るのだ」

「そのつもりです」

「いや、覚悟が足りない」

篠田は語気を強め、

「ほんとうに薬と決別したいのなら仕入れ先をちゃんと言うのだ。じゃ、なければ、またはじめる」

「…………」

「すぐだんまりだな」

篠田は苦笑し、

「まあいい。まだたっぷりと時間がある」

と余裕を見せ、話を変えた。

「堀部しのぶは恋人なんだろう？」

「まあ」

「あの痩せた姿を見て、どう思うんだ？　以前はもっとふっくらとして魅力的だったのではないのか」

「…………」

「彼女はいくつなんだ？　まだ三十過ぎだろう。それなのに、五十歳近くに見える。みんな薬のせいだ。あんな姿に変えてしまって、胸が痛まないのか」

「…………」

「正直な話、どうだ？　あんな病的に痩せた女を抱く気になれるか。薬の力を借りなければだめだろう」

篠田は挑発するように言う。

「そんなことありません」

「今でも魅力的か」

「ええ、まあ」

篠田はここぞとばかりに、

「あんただってそうだろう？　以前は二枚目だった。今は二十歳も老けて見える」

と、弱みに付け入るように言う。

「薬をやめて治療すれば元のような姿に戻れる。そしたら、いつかカムバック出来るではないか。あんただって、昔みたいにテレビで活躍したいんだろう」

「ほんとうは薬なんてやめたいんです」

河原は真剣な眼差しで言う。

「そうだ。やめるんだ。やめることが出来たら、必ず元のような姿に戻れる。その覚悟を見せてくれ」

「…………」

「早く薬と縁を切り、またテレビで活躍してもらいたい」

篠田は説得する。

「はい」

河原は頷いた。

もうすぐだ。もうすぐ落ちる。篠田は急く気持ちを落ち着かせた。

「すみません。トイレに行きたいんです」

「わかった。休憩しよう」

焦りは禁物だ。

木下が河原に腰縄をつけていっしょに取調室を出た。

篠田も部屋を出て、捜査官室の自分の席に戻った。

しばらくして、堀部しのぶの取り調べをしていた海藤りなが戻ってきた。

「どうだ?」

「素直に喋っていますが、やはり売人のことは知らないようです」

「そうだろうな」

「五年前に、河原から誘われて薬に手を出したそうです。薬を使ってセックスをすると快楽が得られるからと」

若い海藤りなは恥じらう素振りもなく言う。

「やはり、五年前からか」

河原は嘘をついている。

狙いはあくまでも売人だ。河原は売人を知っているはずだ。そこから、覚醒剤の密売組織に辿り着きたいのだ。

十五分後、篠田は再び取調室に入った。

「さあ、はじめようか」

篠田が切り出す。

「はい」

「堀部しのぶは五年前にあんたに覚醒剤を勧められたと言っているそうだ」

「…………」

「どうなんだ？」

河原は汗をかいていた。

「暑いか」

「だいじょうぶです」

声が弱々しい。

河原の手が震えていた。

「離脱症状だ」

逮捕されて三日間、薬を絶っていたため、禁断症状が出たのだ。

「少し休もう」

河原を保護室に運んだ。

その夜、篠田が荒川区小台《おだい》のアパートに帰ったのは十一時を過ぎていた。

ジャージに着替え、冷蔵庫から缶ビールを取り出した。

侘しいひとり暮しだが、自分にはこのほうがよかったと思っている。麻薬取締官は自分の時間などあってないようなものだ。捜査に土日など関係ない、夜間の張込み、早朝のガサ入れ……。

結婚して子ども出来たが、満足に妻や子と過ごすことは出来なかった。

保育園の入園式から卒園式、小学校の入学式から授業参観、運動会、学芸会などの行事のときに決まって何かが起きた。

それより、いっしょに家で家族と食卓を囲んだことがない。

篠田の思いは常に覚醒剤に向かっていた。子どもが中学に入るとき、妻は娘を連れて家を出て行った。

それから十年、篠田はがむしゃらに覚醒剤事件と闘っていた。

大学は薬学部だった。製薬会社の研究室で新薬の開発に従事したいと思っていた。

大学二年のとき、篠田は中古のパソコンを買いに秋葉原に行った。駅を下りて中央通りに差しかかったとき、前方から歩いてくる男を見た。

二月の寒い時期なのにワイシャツ姿で上着を着ていない。何かぶつぶつ言いながら真正面からやってくる。目つきもなんとなくおかしい。

薄気味悪く、篠田は体をどけた。そして、そのまますれ違った。

背後で悲鳴が上がった。驚いて振り返ると、女性が倒れていた。さらに、新たな悲鳴。男が包丁を振り回し、通行人に襲いかかっていた。

現実の光景とは思えなかった。さらに、何人か倒れていた。逃げまどう通行人。道路に流れる血。

篠田は足が竦《すく》んで動けなかった。通り魔だ。やがて、救急車やパトカーのサイレンの音がけたたましく聞こえてきた。

路上に五、六人が倒れていた。女性がほとんどで、男性はひとりだけ、年寄りだ。

犯人は近くの飲食店に立て籠もったが、ほどなく警察官に捕まった。

犯人は覚醒剤を使っていた。耳元で、電波が殺せと囁いたとか、歩いている人間が自分に危害を加えようとしているなど、意味不明の供述をしていた。

この事件は自分の目の前で起こっただけに、篠田には強烈な印象を残した。そして、覚醒剤の恐ろしさを知った。

それから半年後の大学三年のとき、少年野球チームの先輩の島内雅也《しまうちまさや》と久しぶりに再会した。小肥りだった彼は痩せて頬の肉も落ち、別人のようだった。

病気かと思ったが、夏なのに長袖を着ているのに不自然さを感じた。とっさに、秋葉原での通り魔事件を思いだした。

あの犯人は冬なのにワイシャツ一枚の格好だった。もっとも夏でも部屋の中はクーラーがきいて寒いので長袖を着ている人間もいる。考えすぎだと思った。

いつもはもの静かな島内がその日は妙にはしゃいでいた。最初は、篠田との再会を喜んでくれているのかと思ったが、だんだん妙だということに気づいた。

彼が何気なく袖をまくったとき、篠田は彼の腕を見た。その腕に注射跡を見つけた。

「先輩、まさか」

「これか。蚊に刺されたのをひっ掻いてこんなになったんだ。俺は蚊に好かれる体質らしい」

島内は平然と言い訳をした。

「ほんとうに薬なんかやってませんよね」

「当たり前だ」

島内は怒ったように言う。篠田はそれ以上、その話題に触れることはなかった。

それからしばらくして、彼は覚醒剤取締法違反で捕まった。起訴され、裁判で「もう二度と覚醒剤はやりません」と裁判長に誓った。

判決は懲役一年、執行猶予三年だった。島内はそれから一年後、また覚醒剤所持と使用の疑いで捕まった。売人がまた島内に近づいてきたのだ。

島内はさらに瘦せさらばえ、肌は荒れて、年寄りのような姿になっていた。まだ、二十六歳なのに五十近くに思えた。

気づいたとき、もっと強く出て、やめさせるべきだった。その後悔と同時に麻薬の恐ろしさを目の当たりにして覚醒剤の売人に改めて怒りを覚えた。

たまたま麻薬取締官の募集を知り、製薬会社に内定していた就職を蹴って、麻薬取締官への道に進んだ。

その後もしばらくは、島内は覚醒剤と手を切れなかった。島内は家族からも愛想をつかされた。覚醒剤は使っている本人だけでなく、家族をも不幸に追いやってしまう。なんとしてでも、河原一郎の口を割らせ、売人を捕まえ、さらには密売ルートを暴き、壊滅させたい。

篠田は薬物の撲滅だけに命をかけていた。

翌日、河原の取り調べがはじまった。

河原はすっきりした顔でスチール机の向こうに座っている。

「どうだ、少しはゆっくり眠れたか」

「はい。久しぶりによく眠れました」

河原は答えた。

逮捕のショックと薬物の効き目が消えてきたことにより、眠れなかったようだ。昨日の発作のあと、鎮痛剤を打って落ち着いた。しかし、一時的なものに過ぎない。

「さあ、すべて話してくれ。そうすれば心の不安も少しは解消される」

「ええ」

「話してくれるな」

「はい」

河原は頷き、

「大柴《おおしば》という男です」

と、はっきり口にした。

「携帯の履歴にあったXが大柴か」

「そうです」

「大柴の人相、年齢、体格は?」

「ゲジゲジ眉毛で鰓《えら》の張った顔で、三十過ぎ。背のひょろ長い男でした」

「取引場所はどこだ?」

「いつも違います。あちこちの公園だったり、映画館だったり……。ただ、ある場所は二度」

「どこだ?」

「江東区の清澄《きよすみ》庭園です。夜遅く電話で至急シャブが欲しいと頼んだことがあります。そのとき、清澄庭園の入口で待てと指示されました。そこで待っていると、ブツを持ってきてくれました」

「清澄庭園で二度か」

「そうです。その後やはり夜に急に欲しいと言うと、清澄庭園の前で待てと。そのとき、あの近くに住いがあるのだと思いました」

河原が目を細めて言う。

「詳しい場所はわからないか」

「わかりません。ただ、清澄白河駅と反対のほうからやってきました」

「よし」

篠田は気を昂らせた。

それから、清澄白河駅に張込みをかけた。

朝夕の通勤時間帯はひとが多くてほとんど見つけるのは不可能だった。夜を中心に、大江戸線清澄白河駅の地下鉄出口を見張った。三十過ぎ。ゲジゲジ眉毛で鰓の張った顔。背のひょろ長い男。

張込みから三日後の夜十時ごろ、海藤があっと声を上げた。

ひとりの男が俯きかげんに歩いてきた。背がひょろ長い。鰓が張った顔だ。

「大柴だ」

篠田は確信した。

あとをつける。住宅地の中にところどころに板金工場などがあった。清澄庭園と反対方向に行く。

住居表示は平野になっていた。児童遊園があって、その先に二階建てのアパートが現われた。『平野コーポ』とあった。大柴はそこに向かった。

アパートの外階段を上がり、二階の一番右端の部屋に入って行った。アパートの裏にまわる。

大柴の部屋に明かりがついていた。窓にひと影が映った。ひとり暮しのようだ。

篠田は階段を上がり、部屋の前まで行った。

表札は金子《かねこ》となっていた。

「大柴は偽名でしょうか」

海藤が言う。

翌朝、近くにある『平野コーポ』を管理している不動産屋で大柴のことをきいた。大柴という入居者はいなかった。

不動産屋の男は、ゲジゲジ眉毛で鰓の張った顔の男は金子達也《たつや》、三十二歳だと教えた。職業は会社員となっていた。

不用意に踏み込むことは出来ない。部屋に覚醒剤があればともかく、河原の証言だけでは言い逃れ出来てしまう。

「金子の写真を撮り、河原に確かめさせよう」

篠田は言い、『平野コーポ』を張込んで、金子が出て来るのを待った。

4

定時に会社を出て、順治はいったん自宅に帰り、ジローに食事を与えてから高岡駅に近い末広町に足を向けた。

のぞみと気まずい別れをして三日経った。あれから、眠れぬ夜を過ごしている。

行きつけの小料理屋の赤提灯の明かりが見えてきた。戸が開いている。暖簾をかき分けて店に入った。

「いらっしゃい」

女将《おかみ》がカウンターの中から声をかける。五人が座ればいっぱいになる狭い店だ。まだ誰もいないカウンターの端に腰を下ろした。

「いつもの頼む」

「どうしたのさ。元気ないね」

おしぼりを出して、七十歳になる女将がきいた。

「親ってのは損だね」

おしぼりを使いながら、順治は呟く。

「おや、どうしたんだね。そういえば娘さん、帰ってきたんだろう」

「帰ってきたには帰ってきたけど」

順治は苦い顔をした。

女将は酎ハイのグラスを置いて言う。

「子どもを当てにしちゃだめだよ」

「そういえば、女将さんにも息子さんがいたんだね」

「もう三十年近く会っていないよ」

三十八歳のとき離婚し、子どもは前夫に預けてきたそうだ。他の男に走ったのだ。

「彼氏を連れてきたんだろう。彼氏が気に入らなかったようね」

「ああ、気に入らない」

順治は吐き捨てた。

「相手がどんな男でも受け入れると言っていたじゃないの」

のぞみが帰ってくる前、ここでそんな話をしていた。

「ああ、どんな男でもだいじょうぶだと思っていた。だが、あの男だけはだめだ」

順治は本間明の顔を思い浮かべた。

「どこがだめなのさ?」

「あの男には頽廃《たいはい》的な雰囲気があった」

「頽廃的って?」

「不健全ということだ。危険な雰囲気もあった。裏の世界の匂いがした」

「裏の世界のことを知っているの?」

「いや、知らない」

「娘が連れてくる男は誰も気に入らないものじゃないの」

「ほんとうにだめだ」

思いだしても胸がむかつくと、順治は顔をしかめて酎ハイをお代わりした。

この店は会社の専務に連れられてやってきた。ひとりで通うようになったのは妻の孝子が亡くなってからだ。

　のぞみがいなくなり、孝子とジローとの暮しも短かった。寂しさを紛らわすのと夕飯代わりにここに通うようになった。

「親なんてつまらないものだ」

「幼い頃は仕合わせだったんじゃないの？」

「ああ、あんなに仕合わせなことはなかった。俺は娘のためになんでもしてきた。ある意味、自分を犠牲にしてまで娘のために尽くしたのに」

「それがいけなかったんじゃないの」

「ただ、俺はあんな男はだめだと」

「どうしてそう思うのさ。娘さんが好きなら仕方ないじゃないか」

「いや、俺にはわかる。あの男といっしょになっても、のぞみは仕合わせになれない」

　順治は力んで言った。

「そんなことを言ったら、ますます嫌われるだけよ」

「みすみす不幸になるのを見過ごせないんだ」

「でも、どうすることも出来ないでしょう？」

「…………」

　順治はやりきれないように首を横に振った。

　三人連れの客が入ってきた。

「いらっしゃい」

女将が迎える。

「勘定して」

そう言い、順治は酎ハイを呑み干して立ち上がった。

夜道を帰る。家々から暖かい明かりが漏れている。自宅の門を開ける。ジローの吠える声が聞こえた。

玄関を開けるとジローが飛んできた。迎えてくれるのはジローだけだ。ジローは今年十五歳になり、かなりの高齢犬だが、まだ元気だ。

茶の間に写真が飾ってある。のぞみが子どもの頃に、高岡御車山《みくるまやま》祭の御車山と呼ばれる山車《だし》の前で撮ったものだ。

高岡御車山祭は毎年五月一日に行われる関野《せきの》神社の例大祭で、花傘などで飾られた御車山が十カ町を曳き廻しする。

写真を見ていると、携帯が鳴った。のぞみからだ。急いで、電話に出る。

「もしもし」

「のぞみか」

順治は声をかけた。

「うん」

「どうした、何かあったのか」

順治は胸が締めつけられた。

「そうじゃないの。ごめんなさい」

「何を謝るんだ」

「父さんの気に入るひとじゃなくて」

「のぞみが仕合わせになるならどんな男でもいい。だが、あの男はだめだ」

順治ははっきり言った。

「父さん。ごめんなさい」

また、のぞみは謝った。

「のぞみ、どうした？　気分でも悪いのか」

「なんともない」

「なんともなくない。呂律《ろれつ》もおかしい。どうしたんだ？」

「だいじょうぶだって」

いきなり、のぞみは語気を荒らげた。

「のぞみ」

「平気」

「今度、東京に行く」

「………」

「また、電話するね。父さん、私のことに気をつかわず、自分の人生をもっと楽しんで。お母さんがいなくなって寂しいでしょうけど、それを乗り越えて」

あえぐような言い方に思えた。

「のぞみ」

「もう切るね。体を大切にね」

のぞみはあわてたように電話を切った。

本間が帰ってきたのではないか。

どこか様子がおかしい。

何かあったのではないか。

御車山の前で撮った写真を見て、のぞみの学生時代の友人だった及川真名香《おいかわまなか》のことを思いだした。

大学四年になったばかりの四月三十日に高岡御車山祭の見物にやってきて、及川真名香は我が家に泊まったことがある。

四月三十日は宵祭で、収蔵庫から山宿と呼ばれる場所に山車が引き出され、入魂式を終えてから宵祭がはじまる。山宿では訪れたひとたちに酒を振る舞う。真名香も振る舞い酒を呑んできたと喜んでいた。

翌五月一日が御車山の曳き廻しだ。ふたりは朝から出かけていた。

彼女の連絡先はわからないが、帰ったあと、彼女から御礼の手紙がきた。その手紙がどこかにあるはずだ。

電話を切ったあと、のぞみは深い溜め息をついた。心は晴れなかった。憂鬱で、落ち込んだ気分になった。

父を騙したという後ろめたさに胸が塞がれそうになる。父の言うことは身に沁みている。ほんとうに本間を愛しているのか自分でもわからない。だが、別れられないのだ。今も激しい倦怠感に襲われていた。

これは薬の効果が薄れてきたからだ。ふと真名香の顔が脳裏を掠《かす》めた。

六本木のクラブで、本間に声をかけられた。スマートで渋い顔だち、洗練された都会の男という感じで、のぞみは興味を持った。真名香が反対したが、誘われるまま個室のVIPルームに行った。そこに、男女がいた。ふたりはかなりハイテンションだった。ふたりの前のテーブルにガラス管とライターが置いてあった。男はテレビでよく見るタレントだ。確か、沢本銀次郎《さわもとぎんじろう》だ。

「俺は本間明だ。君は？」

「奥村のぞみです」

のぞみの目がガラス管に行っていたのに気づいて、

「なんだと思う？」

と、きいた。

「さあ」

のぞみは首を横に振る。

「吸ってみな」

本間はガラス管に白いものを入れライターの炎で炙った。それをのぞみの鼻に持って行った。

「なんですか、これ」

真名香がきいた。

「気分がよくなる、いやなことも忘れる」

本間は勧める。

「それなんですか」

真名香が強い口調できいた。

「怖くない。さあ」

のぞみは手を伸ばした。

「のぞみ」

真名香がのぞみの腕を引っ張り、

「やばいよ」

と、耳元で言う。

「心配ないって。疲れがとれ、気分がすっきりする」

「ほんとうに？」

「だめだよ」

真名香が激しく言う。

本間はにやにやしながらガラス管を鼻に持っていく。

「平気だよ」

真名香の制止を振り切って、のぞみは本間のやっていたことを真似た。

最初は不快な感じだったが、やがて本間が言うように気分が高揚してきた。

それが覚醒剤との出会いだった。

大学を卒業して、のぞみは化粧品メーカーに就職した。本間との付き合いは続いた。

覚醒剤はときたまアブリで吸引するだけだった。主に、本間とベッドを共にするときだ。薬を使うと快楽を長時間味わうことが出来た。

ガラス管に覚醒剤の粉末を入れてライターで炙る、あるいはアルミの上に粉末を載せて下から炙る。こういったアブリで吸引していたが、アブリは持続時間が短い。二、三十分で醒めてしまう。

それほどの罪悪感はなかった。気分は爽快になるし、ふっくらとしていた体型も細くなって、綺麗になったと言われた。

ところが一年後、母がガンで亡くなった。悲しみと喪失感の中で、のぞみはさらに薬を使うようになった。それまでは本間と会うときだけ使っていたが、次第にひとりのときも使うようになった。そして、さらに強い刺激を求めるようになった。

それで、注射器を使うようになっていた。

社会人になって二年目、久しぶりに真名香と会った。母の葬儀に来てくれて以来の再会だった。

ふたりでよく行っていた神田のイタリアンの店に行った。

「ところで、まだ本間さんと付き合っているの？」

ワイングラスを置いて、真名香が改まってきいた。

「うん」

「やめなよ」

「どうして？」

のぞみはむっとした。

「あのひと、薬をやっているんでしょう。まさか、のぞみは？」

「そんなのやっていないよ」

怒ったように、のぞみは言う。

「のぞみ、ずいぶん痩せたし……。学生時代はふっくらとしていたのに、別人みたい。薬のせいじゃないの？」

「変なこと言わないで」

「ほんとうのこと言って」

「やっていないって」

のぞみは眉根を寄せて言う。

「嘘」

真名香は大声を上げた。店のスタッフがこっちを見た。

真名香は身を乗り出し、声をひそめ、

「本間さんと別れなきゃ、あなたはきっとだめになる」

と、口にした。

「変なこと言わないで。いくら、真名香だって許せない」

のぞみは不快になり、

「あなた、やきもち焼いているんでしょう?」

と、言い返した。

「やきもち?」

真名香は呆れ返ったような顔をした。

「だって、あなたは自分が声をかけられたわけじゃないから、面白くないんでしょ」

「何言っているの。あなたはあの男の本性がわかっていないの、ねえ、ちょっと腕を見せて」

「どうして?」

「いいから見せて」

「いや」

「見せられないのでしょう」

「へんな疑い、やめて」

「あなたが心配だから覚醒剤のこと調べたの。あなたが六本木のクラブで吸ったのはアブリといって……」

「やめて。だいじょうぶだから」

「覚醒剤をやったらどうなるかわかっているの？」

真名香は続ける。

「今の若いひとは覚醒剤はださいと言って敬遠しているって。腕に注射跡が残るから。もっとも危険ドラッグを……」

「もう、そんな話、やめて」

「あなたが心配なの」

「友達を疑うなんてどうかしている。こんな話をするなら帰る」

のぞみは席を立った。

それから数日後、本間と六本木のサパークラブを出てタクシー乗り場に向かう途中、警察の職務質問を受け、逮捕された。

しかし、尿検査の結果は陰性で、家宅捜索でも覚醒剤は検出されなかった。

本間が警察の動きを察知し、薬を控え、部屋の中からも注射器など証拠になるものを運び出していた。内偵を続けていた警察が逮捕に踏み切ったが、証拠はあがらなかったのだ。

ふたりとも不起訴処分になった。

だが、このことからのぞみは会社にいられなくなった。さらに、警察に密告したのは真名香だと思い込んだ。

職を失い、親友とも絶交し、のぞみはたまらなく寂しい気持ちになって落ち込んだ。そんなとき、本間がまた覚醒剤を持ってきたのだ。

ドアが開いて本間がやってきた。

「待ってたよ」

のぞみは本間にしがみつく。

「焦るな。ちゃんと持ってきたぜ」

本間は笑みを浮かべた。

彼が手にしていたのは覚醒剤だ。のぞみは急いで受け取り、シャブを水で溶かし、注射器に吸い込み、馴れた手付きで自分の左腕の血管に当てた。

しばらくして不快感が消え、次第に気分が爽快になった。本間も自分の腕に注射をした。それからふたりはベッドに向かった。

とっくに父のことは忘れていた。

5

五月二十二日。真夏のような陽射しだ。車の中はクーラーがきいているが、女性は日傘を差して歩いている。張込んで三日になる。

金子の写真を見て河原は大柴だと言った。しかし、まだ踏み込めない。金子が売人だとしても、あの部屋に覚醒剤が隠してあるとは限らない。

覚醒剤の保管場所は別にあるかもしれないのだ。

海藤りなが冷たい飲み物を持って戻ってきた。飲み物を飲むとトイレに行きたくなるが、幸い近くに児童遊園があるので困らなかった。

「はい、どうぞ」

海藤は助手席に乗り込み、後部座席にいる篠田と運転席の木下にペットボトルを寄越した。

「すまない」

篠田は礼を言う。

「海藤、きいていいかな」

木下がいきなり言った。

「何ですか」

「前々から気になっていたんだ。どうしてこんな仕事を選んだのかとね。こんな張込みやガサ入れなどで、自由な時間がとれない。なかなかデートも出来ないだろうと思ってね。誤解しないでくれ。海藤がいてくれて大いに助かっている」

「課長や木下さんと同じですよ」

海藤は答える。

「この世から薬物の犠牲者をなくしたいんです。それに」

海藤は続けた。

「私、張込みは嫌いじゃありません」

「海藤くんがいなかったら、女性の被疑者の対応に困る」

篠田は口をはさんだ。

麻薬取締官になるのは男も女も関係ないが、女性の被疑者を相手にするときは男では差し障りがある。尿の採取や身体検査などを男がするわけにはいかなかった。

「木下。君は家族サービスはだいじょうぶか」

篠田は木下の家庭を心配した。

「ええ。うちはだいじょうぶです。私がいなくても妻は子どもたちと楽しくやっていますよ」

「そうか」

「ただ、身の心配だけだそうです」

「そうだな」

覚醒剤は暴力団が絡んでいることが多く、組事務所にガサ入れをするときには拳銃を携えていくこともある。組関係者でなくとも、覚醒剤の常習者は凶暴になることもある。命の危険さえあるのだ。

「課長は娘さんがいたんですね」

海藤がきいた。

「ああ、ひとり娘だ」

「会っていないんですか」

「もう何年も会っていない」

「会いたくないんですか」

「別に」

強がりを言ったが、財布には十二歳のときの娘の写真が入っている。

「娘さんだって会いたいんじゃありませんか」

「いや、とうに愛想をつかされている」

離婚後、娘と久しぶりに会うという日、ガサ入れと重なり、篠田は約束をすっぽかしてしまった。あとで事情を説明したが、約束を破ったことに変わりはなかった。

胸の底から苦いものがわき上がってきた。

このような会話をしながらも目は『平野コーポ』に向いているので、目尻が濡れたのをふたりに気づかれることはなかった。

「すみません。ちょっとトイレに行ってきていいですか」

木下が言う。

「行ってこい」

木下は車を下り、公園に向かった。

「課長、娘さんはお幾つなのですか」

「二十二だ」

「もう社会人でしょうか」

「わからない」

「そうですか」

木下が戻ってきた。

「金子の部屋の扉が開きました」

運転席に乗り込んで言う。

金子はアパートの階段を下りてきた。花柄の開襟シャツに白いパンツ。辺りを見回し、清澄白河駅の方面に向かった。

「俺と海藤で尾行する。あとで、連絡する」

篠田と海藤は車から下り、強い陽射しを浴びながら金子のあとをつけた。

赤信号で立ち止まった。ふたりも歩みを止めた。背後を気にする様子はない。

信号が変わり、歩きだす。やがて、金子は清澄白河の地下鉄の入口に消えた。ふたりも地下鉄の階段を下りた。

金子が改札を入り、さらにホームへの階段を下る。

ちょうど入ってきた電車に乗り込んだ。都庁前方面だ。ふたりも乗り込む。

金子はドアの傍に立っていた。両国駅に着いた。金子が下りる気配はない。ドアが閉まった。それから数駅過ぎた。

上野御徒町で金子は下りた。改札を抜け、地上に出て春日通りを天神下方面に向かった。ディスカウントストアの『ドン・キホーテ』の前を過ぎる。

篠田は携帯を取り出し、木下にかけた。

「金子は上野御徒町で下り、春日通りを天神下方面に向かっている」

「わかりました。とりあえず、そっちに向かいます」

電話を切る。

金子は天神下の交差点を渡った。すぐに左に曲がった。

湯島天神の女坂に足を向けた。

篠田と海藤は少し離れてついて行く。女坂を上がりながら、金子は携帯を取り出した。客と連絡をとっているのではないか。

湯島天神の境内に入り、金子は拝殿に向かった。サングラスをかけた三十半ばぐらいの地味な服装の女性が手を合わせていた。金子が横に並ぶ。

金子が何事か囁いたのを見逃さなかった。女は頷き、拝殿の裏手に向かった。金子も遅れてそっちに行った。

しまったと、篠田は舌打ちした。拝殿の裏には不用意に行けない。案の定、金子が戻ってきた。そのまま向かっていったら鉢合わせしてしまうところだった。

金子は再び女坂を下りて行った。五分ほど経って、女が現われた。取引の現場を見逃してしまった。

「どうしましょうか」

海藤が判断を仰ぐ。

「女のあとをつけよう」

金子を放って女のあとをつけた。女は鳥居を抜けると日傘を差し、まっすぐ妻恋坂《つまこい》のほうに向かった。

地味な様子だがどことなく色香を感じる。

「水商売の女性かもしれないな」

篠田は呟く。

「ええ、そんな雰囲気がありますね。職質をかけますか」

「素直に応じるとは思えない」

女の所持品を検《あらた》めたら覚醒剤が見つかるかもしれない。だが、金子と接触したところは見ていないのだ。拒まれたら、強く出る根拠がない。

「女の身許を確かめよう」

篠田は言い、携帯を取り出し、木下に連絡した。

女は妻恋坂を下り、中央通りに出て銀座線に乗った。空いている座席を見つけて、そこに座った。

上野で多くの乗客が下りたが、女はそのまま動かなかった。

終点の浅草で下り、地上に出た。日傘を差し、花川戸から今戸のほうに歩いて行く。

今戸神社の近くにあるマンションに入った。

オートロックを解除してエントランスに入った。海藤が女といっしょに扉を抜けた。

篠田は外で待っていた。

十分ほどで、海藤が出てきた。

「わかったか」

「七階の七〇三号室に入っていきました。一階の郵便受けの七〇三号室は岡本《おかもと》となっていました」

金子から薬を入手したのだとしたら、今頃、アブリで吸引か注射をしているかもしれない。

麻薬取締官の身分で聞込みをすれば、岡本の人権を侵すことになりかねない。覚醒剤の使用の疑いが岡本に向かってしまう。

「管理人に、身分を明かさず、岡本のことをきいてきてくれ」

「わかりました」

海藤りなは管理人室の窓ガラスを叩いた。何事か告げている。

海藤が戻ってきた。

「わかりました。ビューホテルの裏にある『まりえ』という小料理屋の女将さんのようです」

「よく教えてくれたな」

「さんざん粘って。水商売の雰囲気があったので、岡本さんに誘われているけど迷っていると言ったら、いいお店だと」

「管理人も客か」

「そうみたいです」

マンションから離れた。

ようやく陽が傾き、風も出てきて、暑さも和らいでいた。

国際通りに面したビューホテルの一本裏の通りに、『まりえ』という小料理屋の看板が見えた。

戸は閉まっている。反対側の路地から店先を見張る。

六時過ぎに、店の戸が開き、若い女が出てきた。メニューの台を戸口の横に出した。

それから三十分後に、着物の女がやってきた。

「岡本です」

髪を結い上げ、印象が違う。が、確かに、岡本だ。

店に入って行ってからしばらくして、さっきの若い女が暖簾を出した。

七時過ぎに、篠田と海藤は『まりえ』の暖簾をくぐった。

片側はカウンターで、その向かい側は小上がりで三卓並んでいた。カウンターには中年の板前がいた。

「いらっしゃいませ」

女将が明るい声で迎えた。湯島天神で見かけたときは、暗い感じで元気がないように思えたが、今は別人だ。薬を打ったせいかもしれない。

覚醒剤を使うと気分は高揚し、疲れがとれて頭が冴え、気が大きくなる。そして、お喋りになる。

ふたりはカウンターの端に並んで座った。

「どうぞ」

女将は弾んだ声でおしぼりをおく。

「お荷物、お預かりいたしましょうか」

海藤にきく。

「いえ、だいじょうぶです」

「そうですか」

おしぼりを使いながら、

「ビールを」

と、篠田は注文する。

「頼んでいいですか」

「ああ、好きなものを」

「刺身の盛り合わせとサラダをください」

メニューを見ながら、海藤が頼んだ。

「このお店はいつからやっているんですか」

海藤が女将にきいた。

「来月で丸一年になるんです」

「そうなんですか。それまではどちらに？」

「銀座です」

「どうりで洗練されているはずだ」

篠田は言う。

「いらっしゃい」

女将が入口に目を向けた。

サラリーマンふうの三人連れが入って来た。馴染みのようで、女将は笑いながら三人を小上がりに招じた。

女将は大きな声で板前に客の注文を伝えた。

「お馴染みさんなのか。女将さん、テンション高いね」

篠田はカウンターの中にいる板前に声をかけた。

「いえ、いつもあんなです」

板前は苦笑して言う。女将は三人連れといっしょに笑っている。

篠田は鋭い目を女将に向けた。昼間見かけた陰気な印象とはまったく別人だと、改めて思った。商売の顔といってしまえばそれまでだが……。

篠田は顔を戻した。

板前があわてて顔を背けた。篠田の様子を窺っていたようだ。

若い女がビールを持ってきた。

グラスを傾けていると、板前がやはりこっちを気にしていた。

「お客さん。ひょっとして警察の方じゃ……？」

包丁を使う手を止めて、板前が声をひそめてきいた。

「どうしてそう思うんですか」

海藤がきく。

「いえ、なんとなくです」

板前は目を伏せた。

「警察じゃありません」

「そうですか。失礼しました」

板前は軽く頭を下げた。

篠田は何か感じるものがあった。篠田の持ち前の勘が働いたのだ。

「女将さんのことでなにか悩んでいるのではないですか」

篠田はきいた。

「別に」

板前は否定する。

「もしかしたら、私たちでお役に立てるかもしれませんよ」

「…………」

「あなた方は何者なのですか」

板前は警戒するようにきいた。

新たな客が入ってきた。七十年配のふたり連れだ。女将は愛想を振りまいて、新しい客を迎えた。

板前は刺身の盛り合わせを篠田と海藤の間に置いた。

篠田は箸をつけてから、

「板前さん。なぜ、警察だと思ったんですか」

と、きいた。

「いえ、ほんとうになんとなくです」

「何か心配ごとがあるんじゃないですか」

「…………」

板前の顔色が変わった。

「ひょっとして、麻取《まとり》ですか」

篠田は黙って頷き、ビールを口にする。

「観音裏に、夜中もやっている喫茶店があります。そこで待っててていただけませんか。十二時に店が終わったあと、お伺いしますので」

板前は小声で言う。

「女将さんのことですね」

「ええ」

「わかりました」

サラダが出てきて、それを食べ終えてから、ふたりは店を出た。

女将が見送りに出てきた。大きな声で、ありがとうございますと言った。

深夜営業の喫茶店は客がそこそこ入っている。篠田と海藤は並んで座って板前を待った。板前がやってきたのは十二時をだいぶまわっていた。

「女将さんは？」

篠田はきいた。

「お客さんと呑みに行きました」

「女将さんが薬をやっているのを知っていたのですか」

篠田はずばりきいた。

「お店での様子がおかしいと思うことがたびたびあったんです」

「たとえば？」

「いきなり怒りだしたり、泣きだしたり、感情の起伏が激しかったんです。躁鬱ぎみなので、そのせいかと思っていたんですが」

板前は言葉を切り、深呼吸してから続けた。

「お店で注射を打っているのを見てしまったんです。気づいていました。何度もやめるように言ったのですが……」

「それはいつですか」

「三か月前です。こんなことがわかったら、お客さんはこなくなりますよと注意したら、二度としないと約束してくれたのです。てっきり、止めたと思っていたのですが」

「女将さんはいつから薬をやっていたか聞いていますか」

「銀座のクラブにいるときだそうです」

「どうして、我々に話してくれる気になったのですか」

篠田はきいた。

「女将さんを薬物依存症から助け出したいんです。じつは私も昔、やっていたんです。警察に捕まったことがあるんです。でも、私はきっぱり断ち切りました。やはり、強制されないとやめられないでしょう。薬物依存症を治すことが第一ですから」

「だから、あなたは我々を警察だと思ったのですね」

「ええ。いつか、捜査の手が伸びてくるはずだと思っていましたから。でも、女将さんが捕まったら、あのお店もやっていけなくなります。だから、ずっと迷っていたんです」

「よく話してくれました」

「私が話したことは女将さんには？」

「心配いりません。じつは我々がマークしていた売人と女将さんは昼間、湯島天神で接触していたのです。それでわかったのですから、あなたのことは口にしません」

「そうですか。密告したら恨まれると思って、なかなか出来なかったんです」

「あとはお任せください」

「はい。よろしくお願いいたします」

篠田と海藤は顔を見合せた。

翌日、篠田と海藤は今戸の岡本まりえのマンションに入った。

七階の七〇三号室の前に立ち、海藤がインターホンを押した。

「はい」

返事があり、

「海藤と申します。『まりえ』というお店のことで」

ドアが開いた。

化粧気のない女が顔を出した。

「岡本まりえさんですね」

篠田が前に出た。

「ええ」

まりえはきょとんとした顔をしていた。

「関東麻薬取締官の篠田です。今からこの部屋を覚醒剤取締法違反の容疑で捜索します」

篠田は捜索差押許可状を見せた。

「なんでですか」

まりえの顔つきが変わった。

「昨日、湯島天神で売人から覚醒剤を手に入れましたね」

「違います。私じゃありません」

茶箪笥の抽斗《ひきだし》から覚醒剤と注射器が見つかった。

「これは覚醒剤ですね」

「……………」

「あなたを覚醒剤所持の疑いで逮捕します」

まりえはへなへなとその場にくずおれた。

「岡本さん、携帯を見せてもらっていいですか」

海藤が声をかける。

まりえは震える手で携帯を取り出した。

「履歴を出してください」

まりえは操作し、履歴を表示させた。

大柴の名があった。

捜査車両に乗せて、岡本まりえを九段下の麻薬取締部の事務所に連行した。


取調室で、岡本まりえと向かい合った。

「尿から陽性反応が出た」

篠田が切り出す。

「はい」

まりえは素直に頷いた。

「なぜ、薬をやっているんだね」

「体の疲れもとれるんです」

「そんなに疲れるのか」

「仕事が忙しかったり、いろいろなストレスから」

「薬が切れて気だるくなるのではないのか」

「ええ」

「薬をやれば元気になり、切れれば脱力感や疲労感、眠気に襲われる。だが、薬をやれば、それらが解消される。その繰り返しだ。だが、だんだん量を増やさないと効かなくなる。そうだろう」

「はい」

「覚醒剤依存症だ。やがて、身も心もぼろぼろになる」

「…………」

まりえは俯く。

「薬物とは縁を切らなくちゃだめだ」

「はい」

「いつからだね」

「五年前です」

「きっかけは？」

「銀座のクラブにいるとき、お客さんに勧められて」

「名前は？」

「………」

「言いたくないのか」

「忘れました」

「その客とは今も付き合いは？」

「ありません」

即座に答えたことに、篠田は不審を持った。今も付き合いがあるのか。ひょっとして、まりえはその男に世話になっているのか。

「素直に話してくれないと、クラブ時代の客をいちいち調べなければならない。あんたの客全員だ」

まりえは顔色を変えた。

「大勢に迷惑をかけることになるが、いいのか」

「………」

「それに、早く薬をやめさせなければ本人にもたいへんな障害になる。廃人になってからでは遅い。本人のためにも名を言うのだ」

「言えません」

まりえは首を横に振った。

「その男がどうなってもいいというのか」

「………」

「まあいい。では、薬の入手先を教えてもらおうか」

まりえは口を閉ざした。

「これも言えないのか」

「名前を知りません」

「昨日、湯島天神の拝殿にお参りをした際、横に立った男から何か囁かれ、拝殿の裏に行った。そこで手に入れたな」

まりえは目を見開いた。

「売人の名は?」

「………」

まりえは口をわななかせた。

「言わないのか。売人は今も客に薬を売り続けている。犠牲者をどんどん作っているのだ。あんたが話してくれたら、それを抑えることが出来るんだ」

篠田は諭すように言う。

「それでも言わないのは、また売人から買いたいからか」

「違います」

「薬をやめる意志はあるのか」

「やめます」

「いいか。また、売人が近づいてくる。そしたら、また手を伸ばしてしまう。ほんとうに薬と手を切る気があるなら言いなさい」

篠田は強く迫った。

「携帯の履歴では、大柴という相手に頻繁にかけているな」

「…………」

「湯島天神で会ったのはこの大柴だな」

まりえはぴくっとした。

「大柴は偽名だ。ほんとうは金子という」

「…………」

「どうなんだ、はっきり言うのだ」

しばらく迷っていたが、ようやくまりえは顔を上げた。

「そうです。大柴から買っていました」

「途中から電話番号が変わっているな。どうしたんだ?」

「向こうが、これからはこちらに電話をかけるようにって」

大柴こと金子達也は河原一郎が捕まったことを知ってプリペイド携帯を変えたのだ。

もはや、金子が売人であることは間違いない。

「よし。わかった」

篠田は満足げに頷いた。

取調室を出て、篠田は平野にある金子の部屋を張っている木下に電話をした。

「どうだ、そっちは?」

「それが昨夜から出てこないのです」

「出てこない?　気づかれたか」

「そんな様子はないのですが」

「これから令状をとって踏み込む」

「わかりました」

電話を切り、篠田は裁判所に金子達也の逮捕状を請求した。

部下が裁判所から戻ってくるのを待って、篠田は海藤らを伴い、捜査車両に乗って江東区平野に向かった。

『平野コーポ』を木下と同じ課員の浅村が張込んでいた。

途中、渋滞にひっかかったが、午後三時前に着いた。

木下が近寄ってきた。

「まだ、出てきません」

「ほんとうに部屋にいるのか。目を離した隙に逃げられたのではないか」

篠田は疑問を持った。

「いえ。昨夜の八時ごろ、外出したのであとをつけたら駅の近くのコンビニに行き、すぐ部屋に戻りました」

河原一郎が捕まったことを知って携帯を変えているが、本名は知られていないと思っているはずだ。岡本まりえとの取引に平野のアパートから湯島天神に行っている。アパートを探られたとは思っていない。

「よし。行こう」

篠田は先頭に立ち、アパートに向かった。

外階段を上がり、二階の一番右端の部屋の前に立った。

インターホンを押す。微かにチャイムの音が聞こえた。応答する気配がない。もう一度鳴らす。

「留守でしょうか」

海藤が言う。

「そんなはずありません。昨夜は交替で見張っていました。金子は部屋を出ていません」

「管理人にわけを話し、ドアを開けてもらおう」

「わかりました。すぐ近くに住んでいるようですので」

木下が階段を下りて行った。

しばらくして、木下が禿頭の小肥りの男を連れてきた。

「大家さんですか。すみません、開けていただけますか」

「まさか、妙なことに」

大家は表情を強張らせて鍵を鍵穴に差し込んだ。かちっと音がして、ドアが開いた。

「金子さん」

篠田は玄関に入り、声をかけた。

返事がない。入ったところがキッチンで、右手に浴室とトイレ、正面に和室と洋室があった。

篠田は靴を脱いで上がった。和室には誰もいない。机の上は乱雑だ。隣の洋室は寝室のようでベッドが置いてあったが、金子の姿はない。

そのとき、あっと声が上がった。

「どうした?」

篠田は声のしたほうに駆け寄った。そして、絶句した。

浴室の内側のドア上部に紐を引っかけ、男が首を吊っていた。金子だ。

木下が下ろそうとしたので、

「待て」

と、篠田は止めた。

「自殺でしょうか」

「うむ」

篠田は首をかしげた。金子は自分に捜査の手が伸びていると思っていたとは思えない。

自殺するほど追い詰められていたとは思えない。

「警察に知らせるんだ」

「はい」

海藤が携帯を取り出した。

現場を荒らさないように、篠田は皆を外に出した。

机のところに行き、抽斗を開ける。手帳らしいものを探した。狙いは顧客リストであり、金子が所属している密売組織の手掛かりになるものだ。

しかし、見つからなかった。携帯も見つからない。篠田は金子の携帯に電話をした。部屋に変化はない。着信音も聞こえない。

覚醒剤も見当たらなかった。

やがて、パトカーのサイレンの音が聞こえた。

鑑識課が室内で作業をしている間、篠田は警察車両の中で、深川中央署の桧山治平《ひやまじへい》警部補に事情を説明した。

「売人ですか」

桧山は表情を変えずに言う。四十歳ぐらいの鋭い目つきの男だ。

「うちの捜査員が昨日から張っていました。昨夜の八時ごろ、駅前のコンビニに出かけただけで、それ以降は外に出ていなかったようです。訪ねてきた客もいなかった」

「そうですか」

「ただ、自殺するとは思えないのです」

「しかし、ひとが出入りしていないとなると、他殺の線は……」

「ええ。ただ、うちの捜査員が目を離した隙に何者かが侵入した可能性があります。金子がコンビニに行った間です」

「しかし、どうやって部屋を出て行ったのでしょう」

「何か、見落としがあるかもしれません」

若い刑事がやってきた。

「鑑識作業が終わったそうです」

「よし」

桧山は言い、車から下りた。篠田も続く。

金子の部屋に入ると、鑑識課長が口を開いた。

「ガイシャの首に二重の索条痕がありました。ドア上部にかけた紐を首に巻いて……」

「他殺か自殺かは？」

篠田はきき返した。

「遺体の状況からは明確な判断はつきかねます」

鑑識課長が続けた。

「ドアノブや扉などからは指紋が検出されていますが、おそらく遺体の主のものだと思います」

鑑識班が引き上げたあと、桧山警部補は室内を調べた。篠田も探索に加わった。そして、台所の棚の奥にあったコーヒーの空きビンからパケが十袋見つかった。

「覚醒剤です」

篠田は桧山に言う。

「やはり売人だったのですね」

「ええ」

「追い詰められて死んだのかもしれませんね」

「いや……」

篠田は納得出来なかった。

「金子がコンビニに行った間に当然部屋の鍵はかけていくでしょう。覚醒剤を隠しているなら、それだけ用心をしているはずです。それに、仮にうまく部屋に侵入したとして、どうやって張込みの目を逃れて部屋から逃げたのでしょうか」

桧山警部補は疑問を口にした。

遺体の状況からは自他殺の判断がつきかねたが、木下たちが張込んでいたことから桧山は他殺を否定していた。

だが、自殺は考えられないと、篠田は思った。

第二章　売人

1

五月二十五日土曜日、順治は東京駅で新幹線を下りた。

得意先の会社が京橋にあり、何度か出張で来ている。順治は八重洲《やえす》口を出て、外堀通りを渡った。

八重洲ブックセンターに入り、一階のフロアーを探す。真名香と連絡がつき、ここで会う約束をしたのだ。

まだ、真名香はきていないようだ。約束の二時まで少し間があった。順治は入口の脇に立った。

真名香からの手紙が残っていて、彼女に手紙を書いた。三日後に手紙に記した携帯番号に電話があったのだ。

若い女性が歩いてくるのが見えた。真名香だ。学生時代に比べ、すっかり洗練された女性になっていた。

順治は前に出た。真名香は気づいて近づいてきた。

「お呼びたてして申し訳ありません」

順治は詫びた。

「いえ」

「喫茶室はいっぱいです。外に出ましょう」

順治は中二階の喫茶室を見て言う。

ふたりは日本橋のほうに歩いたが、喫茶店はどこも一杯で、席が空いていても、声が他人に聞かれそうだった。

呉服橋の近くにあるホテルに向かった。ロビーに入る。喫茶室は広々として他人に話を聞かれる心配はないようだった。

内庭に面したテーブルに向かった。腰を下ろしてから改めて挨拶をした。

ウエイターが注文をとりにきた。

ふたりともコーヒーを頼んだ。

「うちに来られたのは六年前ですね」

順治が口を開く。

「はい。その節はお世話になりました。あと、お母さまの葬儀のとき」

「ああ、そうでした」

順治は忘れていたが、孝子の葬儀にわざわざ東京から来てくれたのだ。それほど、のぞみとは親しかったのだ。

真名香の表情は硬い。のぞみのことで言いづらいことがあるのだろう。

「のぞみと今は付き合いがないということですが、何かあったのでしょうか」

順治は胸が塞がる思いできいた。

「ええ」

真名香は苦しそうに答えた。

「何があったのか教えていただけませんか」

順治は声をひそめた。

ウエイターがコーヒーを運んできて、話が中断した。

「本間という男のことで」

「本間……」

順治は息を呑み込む。

「ご存じですか」

真名香がきいた。

「じつは一週間前、のぞみは本間という男を高岡の家に連れてきたのです。婚約者だと言って」

「そうですか」

真名香は表情を曇らせた。

「でも、本間は一時間もいないで家を出て行きました」

そのときの様子を語って、

「私は本間という男が信用出来ないんです。信用出来ないどころか何か危険な匂いを感じました。タトゥをしているからではありません。私ははっきりあの男はだめだと言ったんです。それで、のぞみと気まずくなって……」

順治は胸を痛めながら続けた。

「のぞみはずいぶん痩せていました。ふっくらと健康的な体つきだったのに痩せて……。本間のことで苦労しているんじゃないかと思ったんです。本間という男のことをご存じでしたら教えていただけますか」

「本間とは、大学四年のとき、六本木のクラブで知り合ったんです」

「大学四年？　そんなに早くに？」

「はい。ふたりで六本木のクラブに行ったんです。そこで声をかけられて。私がいけなかったんです。本間が近づいてきて、ＶＩＰルームの個室にいるからいっしょにどうって声をかけてきて。私がもっと強く引き止めればよかったんですが……」

真名香は溜め息をつき、

「本間は薬をやっていたんです」

と、厳しい顔を向けた。

「薬？」

「覚醒剤です」

「なんですって」

衝撃で胸が塞がれそうになった。

「私は恐くなってあの場から逃げ出しました。後日、のぞみと会ったとき、あの男とつきあっちゃだめよと言ったんです。のぞみはわかったと言っていたんですが、本間からよく電話がかかってきたそうです。だから、絶対に会っちゃだめよと言ったんです。でも、付き合いはじめたようでした」

順治は思わず拳を握りしめた。

「お互いに社会人になって仕事が忙しくなってなかなか会えなかったのですけど、たまに電話をして。そのとき、本間さんと付き合っているのときいたら、付き合っているって。薬のことを聞いたら、やっていないってはっきり言ったんです。でも、あるとき、電話したら暗い沈んだ声なんです。具合悪いのってきいたら、あとで電話をするからと一方的に切ったんです。そしたら、一時間後に電話がかかってきたんです。そのとき、ずいぶんはしゃいだ声で、ひとりで喋っているんです」

真名香は息継ぎをし、

「私は極端な変化に薬物を疑いました。それで、今度会おうという約束をして。私はそれから本を読んで覚醒剤について勉強しました。薬の効果が薄れると、気分が落ち込んで、脱力感や疲労感に襲われ、それから抜け出そうとしてまた薬をやる。すると、気分が高揚し、お喋りになるそうです」

順治は耳を塞ぎたかった。

「のぞみと最後に会ったのは三年前です。のぞみは頬の肉が落ちて腕も細くなって……。そこで本間のことを問いつめました。そしたら、のぞみは怒って。それ以来、会うどころか電話をしても出ません」

「のぞみは本間に夢中なのか」

順治は憤然として言う。

「何度か、警察に告げようかとも思いました。でも、そんなことをしたら、社会的に制裁を受けてしまうでしょう。それに、ほんとうに覚醒剤をやっているのかどうか証拠はないんです。もしかしたら躁鬱ぎみなのかもしれないし、痩せたのはのぞみが言うようにダイエットをしているのかもしれないし……」

真名香は迷いを口にした。

「でも、あなたは薬をやっていると思っているんですね」

「じつはのぞみ、一度警察の取り調べを受けているんです」

「ほんとうですか」

「ええ。証拠がなく、釈放されたそうですが、そのために会社も辞めざるを得なくなったそうです」

「会社を辞めていた？」

「ご存じなかったのですか」

「知りません。一言も口にしませんでした」

順治は胸をかきむしりたくなった。

「ともかく、本間とは別れたほうがのぞみのためだと思います。覚醒剤を扱っているのは暴力団が多いそうです。本間も組員か、そうでなくとも組と繋がりがあるんじゃないかと思います」

「暴力団……」

順治は目が眩んだ。

奈落の底に突き落とされたような衝撃を受けながら、

「のぞみの住いはわかりますか」

と、順治はきいた。

「お父さまにも家の住所を教えていないのですか」

真名香は驚いたようにきいた。

「新宿に住んでいると言うだけで」

「そうですか。三年前に引っ越したみたいで、そのときから知らないんです。携帯も変えたようで、今は連絡はとれません」

真名香は言ったあとで、

「携帯の番号はご存じなんですよね」

と、きいた。

「ええ。知っています」

「教えてくれますか。折りを見つけてかけてみます」

真名香が言う。

「わかりました」

順治はのぞみの携帯の番号を教えて、

「本間のことはわかりませんか」

「自分では輸入雑貨を扱う会社の社長と言ってましたけど、さっきも言いましたように組の関係者だと思います」

「本間の知り合いを知りませんか」

「いえ」

真名香は首を横に振ったが、あっと何かを思いだしたようだった。

順治は真名香の口が開くのを待った。

「六本木のクラブで、本間は俳優の沢本銀次郎といっしょでした。沢本銀次郎は本間のことを知っていると思います」

「沢本銀次郎ですか」

渋い脇役だ。

「もうひとり女性がいましたけど、わかりません。沢本銀次郎が付き合っていた女性かもしれません」

「わかりました」

順治は真名香と別れたあと、のぞみの携帯に電話をした。

「もしもし」

「のぞみか。父さんだ」

順治は口を開く。

「どうしたの？」

「今、東京に来ているんだ。会えないか。家まで行くから」

「…………」

「のぞみ、どうした？」

「今、どこなの？」

「東京駅の近くだ」

「私、用事があって、これから出かけるところなの」

「ちょっとでもいいんだ。顔を見て帰りたいんだ」

「…………」

「そこはどこなんだ？　今どこに住んでいるのか教えてくれないか」

「白金《しろかね》だよ」

「白金のどこだ？」

「父さん、ごめんなさい」

「どうしたんだ？」

「………」

「部屋に行ったら困るのか」

順治は激しい口調で、

「ひょっとして、そこは本間のところか」

「………」

「いっしょに暮らしているのか。そうなんだな」

「父さん。もう出かけなきゃ、あとで電話をするから」

「のぞみ。待て」

順治はあわてて言い、

「本間に会いたいんだ。連絡先を教えてくれ」

「ごめんなさい」

電話は切れた。

順治は茫然とした。足元が崩れたように、順治はよろけた。あわてて足を踏ん張った。

明らかに、順治を避けていた。

電話をかけ直したが、もう電源が切られていた。

順治は東京駅から北陸新幹線に乗った。頭が混乱していた。のぞみは自分の前から遠ざかって行った。

真名香の話だと、のぞみは覚醒剤に手を出しているらしい。

順治は携帯で覚醒剤について検索した。

麻黄《マオウ》という植物から抽出されるエフェドリンから合成されたもので、白色の粉末や無色の結晶で水に溶けやすく、中枢神経に作用して意識障害や幻覚・妄想、記憶力の低下などを引き起こす。

覚醒効果があるので一時的に気分が高揚し、なんでも自分の思い通りに操られるように感じる。疲労感がとれたように感じられて――。しかし、そうした覚醒剤の作用も薬が効いている間だけの一時的なものであり、効果が切れると、激しい倦怠感、憂鬱感、焦燥感などの不快感に襲われる。それを逃れるために、またもう一度快楽を味わいたいというふたつの欲求から、繰り返し覚醒剤を乱用するようになる。

順治は読んでいて体が震えてきた。

最近の若者は覚醒剤離れが進んでいて、ネットで簡単に手に入る危険ドラッグのほうに興味が向いているらしい。

そこで覚醒剤をシノギにしている暴力団は対象を中高年や女性に向けている。女性の場合は、風俗で働かせるという。

まさか、のぞみは今、風俗で働かされているのではないか。本間は薬でのぞみの心を縛り、操っているのだ。

早く、あいつと別れさせなければと胸の底から怒りが込み上げてきた。

本間のことを知っているのは沢本銀次郎だ。携帯で検索してみた。

日本の俳優。四十歳とある。この男にきけば、本間の居場所はわかるかもしれない。

新高岡駅から城端線で高岡に行く。頭の中はのぞみのことで一杯で、気がついたときには高岡駅の改札を出ていた。

ジローが待っているので早く帰ってやりたいが、順治は末広町に足を向けた。

まだ暖簾はかかっていなかったが、戸が開いていた。

「早かったか」

順治は声をかける。

「いいよ。入って」

順治はいつものカウンターに腰を下ろした。

「相変わらず暗い顔ね。娘さんのことね」

女将がおしぼりを置いてきく。

「俺は何か悪いことをしたか」

順治は思わず呟いた。

「相当参っているようね。娘さんには娘さんの人生があるんだから」

女将が眉根を寄せて言う。

「そうじゃない」

順治は強い口調になった。

「娘は……」

「娘は？」

「いや、よそう」

「よかったら話してみてよ」

「そのうち」

順治は一時間も経たないうちに立ち上がった。

「もうお帰り？」

「ああ」

順治は財布を出した。

「いつでも話を聞くよ」

釣り銭をよこしながら、女将が言う。

順治は黙って頷き、店を出た。

家に帰ると、ジローが飛び出してきた。尾っぽを振って、顔を近づけるとペロペロと舐めてきた。

「待っていたか。よしよし」

ジローの首を抱き締める。

「ジロー。のぞみを守ってくれ」

順治は思わず呟いていた。

ジローはのぞみが中学生になったときに我が家にやってきた。生まれて三か月だった。

それから十五年、いっしょに生きてきた。老犬だが、まだまだ元気だ。

孝子が亡くなったあと、ジローはしばらく元気がなかった。それでも、力を落とした順治をなぐさめてくれた。

ジローと接したあと、仏壇の前に座った。

明かりを点け、線香を手向ける。

「孝子。すまない。のぞみがとんでもないことになっていた。俺は少しも気づかなかった……」

順治は手を合わせた。

「でも、絶対にのぞみを守る。あの本間という男からのぞみを取り戻す。どうか、見守ってくれ」

順治は夢中で孝子に訴えた。

やがて順治は嗚咽《おえつ》を漏らした。どうしてこんなことになってしまったんだと、悲しみと怒りが噴き出した。

ふと、そばにジローが寄り添っていたのに気づいた。

「おまえもいっしょにお願いしてくれるのか」

ジローを抱き締めながら、順治は慟哭した。

2

艶を増してきた街路樹の葉に雨が打ちつけていた。夜中から降り出した雨はいっこうに止む気配がなかった。

事務所に出た篠田は麻薬取締部の事務所の机に座っていつものように自分でインスタントコーヒーを淹れて飲んだ。砂糖を入れすぎて甘かった。

篠田は後悔していた。なぜ、思いきって金子を逮捕しなかったのか。平野のアパートのガサ入れを行っていれば、顧客リストや密売組織に関する手掛かりが摑めたかもしれない。

河原が口にした名は大柴で金子でなかった。偽名を使っていたことで躊躇してしまったことが悔やまれる。

金子達也は三十二歳。国立大卒のインテリだ。大手証券会社に就職したが、七年後に上司のパワハラに耐えられず退社。その後、水商売をしていて現在に至っている。おそらく、スナックの客に密売組織の人間がいて、その者からまとまった薬物を仕入れ、自分で客を見つけて売り捌《さば》いていたのだろう。

あと少しというところで自殺をされてしまった。

だが、篠田は金子の自殺がどうも納得いかなかった。金子は今は正式な職に就いていなかった。売人だったとばれても、社会的に失うものはそれほど大きくはなかったはずだ。起訴されても執行猶予がついたかもしれない。

それなのに死を選ぶだろうか。

それより、金子がどの程度密売組織に関わっているかわからないが、ある程度の秘密を握っている人間だったら、組織のほうがあわてたかもしれない。

そう考えると金子は殺されたのではないかと思わざるを得ない。

しかし、木下と浅村が張込んでいたのだ。第三者が部屋に侵入したところは見ていない。ただ、可能性があるとすれば、金子がコンビニに行ったときだ。

このとき、金子は鍵をかけ忘れたか、すぐ戻るつもりだったので鍵をかけずに出かけたのか。しかし、部屋には覚醒剤が隠してあるのだ。鍵をかけずに出かけたとは思えない。

篠田は首を傾げた。

仮に、部屋に侵入できたとして、犯人はどうやって部屋を出て行ったのか。このことが大きな壁になっている。

きょうは岡本まりえが担当検事に呼ばれて東京地検に行っていた。岡本の取り調べは午後になる。

河原一郎と堀部しのぶはほとんど取り調べを終えていた。

紙コップのコーヒーがなくなってから、篠田は木下と浅村を呼んだ。

「金子の部屋から目を離したことはないか」

改めて、篠田はふたりにきいた。

「ありません」

「何か変わったことはなかったのか」

「特には……」

「なんでもいい。目を離したことはなかったか」

「あっ」

浅村が声を上げた。

「そうだ。十時ごろ、火事騒ぎがありました」

「火事騒ぎ？」

「そうだ。火事騒ぎがあった」

木下も思いだしたように言う。

「消防車がサイレンを鳴らしてあのアパートの前にやってきました。住人も部屋から飛び出してきました」

「金子は？」

篠田はきいた。

「いえ、金子は見ませんでした」

浅村が答える。

「気づかなかっただけか」

「二階の廊下に出てきた住人の中に金子はいませんでした」

木下がはっきりと言う。

「火事はどうなったのだ？」

「しばらく消防署が調べていましたが、どこにも異常はなく、引き上げていきました。いたずらだったのかもしれません」

「そのときだ」

篠田は叫ぶように言った。

「騒ぎのどさくさに紛れて部屋を出たのだ」

「…………」

木下は言葉を失っている。

「一一九番通報をしたのは犯人自身かもしれない」

篠田は想像し、

「犯人は我々が金子を張込んでいるのに気づいていたのだ」

と、忌ま忌ましげに吐き捨てた。

犯人は午後八時ごろに金子がコンビニに出かけた隙に部屋に入ったのだ。金子を首吊りに見せかけて殺し、室内から覚醒剤や顧客リスト、それに金子の携帯を持ち出し、合鍵でドアを施錠して、火事の騒ぎに紛れて逃走した。

「金子がコンビニに行っている間に部屋に忍び込んだということですが、ドアの鍵はどうなっていたのでしょうか」

浅村が疑問を口にした。

「金子は鍵はかけずに出て行ったのだ。仲間を引き入れるためだ。仲間を引き入れるために、金子はわざわざコンビニに行ったのだ。もちろん、金子は殺されるとは思っていなかっただろう」

「密売仲間ですか」

「そうだ。犯人は我々の張込みに気づいていたのだ。そのことを金子に伝え、善後策を練るということで、張込みの目を晦《くら》ますために金子にコンビニに行かせたのだろう」

「篠田さん」

海藤が声をかけてきた。

「金子のことですけど」

「なんだ？」

「金子は自分が殺されることを想像していなかったんでしょうか」

「どうしてだ？」

「金子は犯人から張込みのことを聞かされたわけですね。つまり、麻取にマークされていることを知ったら、組織から切り捨てられるとは思わなかったのでしょうか」

「どうだろうか。犯人は金子に麻取の張込みを教え、逮捕されても仕入れ先は言うなと念押しにきたと思ったのではないか」

「犯人は金子は落ちるかもしれないと思って殺したのでしょうね。金子は万が一のことを考えなかったのでしょうか」

海藤は疑問を口にした。

「なるほど」

篠田は海藤が言いたいことに察しがついた。

「金子は組織に対して保険をかけていた可能性があるというのだな」

「ええ、自分を始末したら密売組織について記されたものが麻取に渡るようになっていると」

「しかし、そうだとしたら、今頃は警察なりこっちの手に渡っていなければならないだろう。いまだにそんな動きはない」

「そうですね」

「それより、俺が気になっているのはなぜ張込みがばれたかだ」

「ええ」

木下と浅村は車から見張っていた。

「犯人が金子に会いに行ったとき、たまたま不審な車を見つけたのでは？」

「しかし、そんな偶然があるか」

篠田ははっとした。

「犯人が張込みに気づいたと考えたが、金子のほうかもしれない」

「金子のほうが？」

「そうだ。自分が見張られていると気づいて、犯人を呼んだのだ。コンビニに行ったのは犯人の指示ではなく金子の考えだったのではないか」

「…………」

「金子は犯人と自分の部屋で会い、何か交渉をしたのだ。金子は自分が捕まると考えたのではないか」

「金子は捕まったあとのことを相談したのかもしれない。仕入れ先は言わないからと、出てきたときのために生活の保証を求めたり……」

「でも、金子はどうして張込みに気づいたのでしょうか」

浅村が口をはさみ、

「見張られているという前提で調べなければ見破るのは難しいと思うのですが。それより、金子が我々のことを確かめるのは難しいと思います。車内から金子の動きを見張っていたのですから」

と、続けた。

「待てよ」

篠田ははっとした。

「岡本まりえの部屋にガサ入れをしたとき、彼女は大柴こと金子に電話をしたのではないか」

「でも、あのとき、携帯の履歴を見せてもらいました。あの場面で金子にメールをするのは無理だったはずです」

海藤は立ち上がった。

「念のために押収品の携帯を調べてきます」

やがて、海藤は戻ってきた。

「やはり、ガサ入れの時間に電話やメールをした形跡はありません」

「そうか」

金子はどうして張込みに気づいたのか。河原一郎が捕まったことを知って警戒していたのか。

「不動産屋の男が漏らしたのかもしれない」

篠田は呟いた。

「これから、確かめてきます」

木下が部屋を飛び出して行った。

一時間後、木下から報告があった。

「やはり、そうでした。不動産屋の男が外出先から帰ってきた金子とばったり会い、つい口にしてしまったそうです」

「不動産屋の男も金子の仲間か」

「いえ。無意識に口にしてしまったようです」

「わかった。ごくろう」

篠田は電話を切った。

「やはり、不動産屋の男が我々のことを不用意に金子に漏らしたんだ。湯島天神から帰ってきたときのようだ。それで金子は仲間に連絡をとった。その仲間がアパートの周辺を探り、張込みの車両を見つけたのに違いない」

「じゃあ、金子は……」

「殺されたのだ」

篠田は言い切った。

すぐに深川中央署の桧山警部補に電話を入れた。

「麻取の篠田です。金子の死因についてですが」

篠田が切り出すと、桧山がすかさず、

「じつは死体を検案した鑑定医のほうから金子の首の痕のひとつは第三者の手による可能性が大きいという報告があり、司法解剖にまわしました。その結果、首を絞めて殺されたあとに首を吊るされたという結果になりました」

「そうですか」

「ただ、そうなると現場の状況と合致しないのです」

「いえ、犯人は金子の部屋に入り、殺害後、張込みの目を逃れて逃走出来たのです」

「それは？」

篠田は犯人の行動を説明した。

「なるほど、金子自身が仲間を部屋に引き入れたというわけですか」

「殺されるとも知らずにです」

「そして、犯行後、火事騒ぎを起こして、そのどさくさに紛れて部屋を出たというわけですね」

「そうです。犯人は金子の仲間で、金子の部屋にも何度かやってきているはずです」

「わかりました。あとはお任せください」

桧山は自信に満ちた声で言った。

「お願いいたします」

篠田は電話を切った。


午後になって、東京地検から岡本まりえが帰ってきた。

スチール机をはさんで向かい合い、

「検事さんから、どんな話があったね」

「ここできかれたことの確認です」

「検事さんがあなたを裁判にかける。あなたが、二度と薬物をやらないとわかれば、検事さんだって重い罪にはしないはずだ。検事さんも我々もあなたを刑務所に送りたいわけではないんだ。薬と縁を切って欲しいからいろいろきいているんだ。わかるね」

「はい」

「では、なんでも正直に話してくれるね」

「はい」

「あなたに薬物を教えたのは銀座時代の客ということだが、誰だね」

「迷惑がかかりますから」

「早く助けてやらないと、そのひとのためにならない」

篠田は説得する。

「………………」

「なんでも正直に話してくれるんじゃなかったのか」

「でも、こればかりは」

「その男性とはいつまで付き合っていたんだね」

「三年前です」

「付き合っている間はその男性が薬を手に入れてきた？」

「はい」

「で、その男性と別れてから、あなたは自分で薬を調達したというわけか」

「そうです」

「売人の大柴、いや金子とはどうして知り合ったのかね」

「向こうから声をかけてきたのです」

「どこで？」

「銀座のお店から帰る途中に」

岡本は目をそらした。

「なんて声をかけてきたのだね」

「上物のシャブがあると」

「金子はなぜ、あなたに声をかけたのだね。あなたがシャブをやっているのを知っていたからではないのか」

「…………」

「その男性から大柴、いや金子を紹介されたのではないのか。どうなんだ？」

篠田は強く出たが、岡本は口を閉ざしていた。

「あなたは釈放されたあと、またその男性に売人を紹介してもらいたいから黙っているのではないのか」

「そんなことありません」

「本気で、薬を断ちたいという気持ちがあるのか疑問だな」

「本気です」

「じゃあ、その男性の名を言うのだ」

岡本は俯いた。

「大柴こと金子は死んだよ」

「えっ？」

岡本は首を傾げた。

「殺されたんだ」

岡本はきょとんとした顔をした。

「あなたと湯島天神で会った夜だ。自分のアパートの部屋で首吊りに偽装されて殺された。犯人はまだわかっていない」

岡本は急に目を剝いて頭を抱えた。

「三年前まで付き合っていた男性も金子から薬を買っていたのではないのか」

「そうだと思います」

「金子の仲間を知らないか」

「知りません」

「さあ、あなたが覚醒剤を断ち切る決意を示すためにその男性の名を言うのです」

「大東製菓の武藤淳一《むとうじゅんいち》さんです」

「大東製菓の武藤淳一？　社長の御曹司か」

「そうです」

大東製菓は食品製造業で、チョコレート、煎餅からコーヒーや紅茶などの飲料水までを製造し、テレビコマーシャルも毎日流れている。

武藤淳一は四十ぐらいで次期社長と目されている人物だ。妻子がいながら他の女性と派手に遊び、数年前からときたま週刊誌で、薬物使用を疑われていた。

「どういう経緯で？」

「五年前、お店にやってきました。私が席について……。アフターに誘われ、その夜、ホテルに……」

「そこで覚醒剤を？」

「いえ。それから数日後に彼のマンションに呼ばれ、そこで覚醒剤を打ってセックスを。それからは会うたびに薬を」

「薬をやってセックスをするのがそんなによかったのか」

「一晩中していました」

「薬はいつも武藤が調達してきたのだな」

「そうです」

「別れたのはどうしてだ？」

「彼に新しい女が出来たんです」

「捨てられたのか」

「…………」

岡本は唇を噛んだ。

「それなのに、庇おうとしたのはまだ彼が好きだからか」

「違います」

「では、なぜ？」

「自分でもよくわからないんです」

「キメセクで強い快感をもたらしてくれた武藤に恩義があるとでも思っているんじゃないだろうな」

「そんなんじゃありません」

「なるほど、そういうわけか」

篠田は合点した。

「あんた、今もキメセクしているんだな」

「違います」

「付き合っている男はいるな」

「いません」

「あんたが、武藤淳一のことをなかなか言おうとしなかったのは、今の彼氏のことを守るためだ」

岡本はあわてた。

「今の彼氏とキメセクをしているんじゃないのか」

「少しでも隠し事があれば心証は悪くなる。起訴されて裁判になるまで数か月かかる。それまで、彼氏は我慢出来ると思うか」

岡本が不安そうな顔をした。

「あんたも心配をしているんじゃないのか。彼氏が他の女と薬を使って……」

「そんなことありません」

「売人を知らなくても、今はネットでも覚醒剤は手に入るのだ」

「違います」

岡本は興奮した。息も荒くなっていた。

「休憩にしよう」

篠田はいったん岡本を保護室に行かせた。

自分の机に戻り、小料理屋『まりえ』の板前に電話をした。

「麻薬取締官の篠田です。今、よろしいですか」

「はい」

「さっそくですが、女将には男がいたんじゃありませんか」

「ええ」

答えに一拍の間があった。

「誰か知っていますね」

「…………」

「はい」

「誰ですか」

「女将は喋らないのですか」

板前は逆にきいた。

「ええ、かばっているのかもしれません」

「そうですか」

板前は溜め息をつき、

「町田《まちだ》征太《せいた》郎《ろう》という若い男です」

と、憎々しげに言った。

「町田征太郎ですね、何をやっている男ですか」

「バーテンのようです、どこのバーかわかりません」

「そうですか」

「わかりました」

篠田は電話を切った。

「岡本まりえの男は町田征太郎と言うんですか」

海藤がきいた。

「そうだ。おそらく、町田もやっているだろう」

篠田は答えてから、

「あの板前が女将のことを訴えたのは、おそらく嫉妬からだろう」

と、苦笑した。

篠田は再び取調室に向かった。

保護室から戻った岡本まりえと再び向かい合った。

「続けようか」

篠田は言い、

「付き合っている男のことを話してもらおうか」

と、迫った。

「そんなひと、いません」

「町田征太郎という男を知っているか」

「…………」

岡本は目を剝いた。

「知っているようだな」

岡本は俯いた。

「いつからだ？」

「三年前です」

「武藤淳一と別れたあとか、それとも重複しているのか」

「別れてすぐです。寂しかったので」

「ふたりで薬をやっていたのか」

「はい」

「どっちが誘ったのだ？」

「私です」

「あなたが町田征太郎を覚醒剤の道に引きずり込んだのか」

「はい」

「町田征太郎の住いは？」

「………」

「あなたが捕まっている間に、町田征太郎が薬をやらないようにしたくないか。今の時代、ネットで売人を探すことが出来る。このままなら、町田も薬物から逃れられなくなる」

「松戸です。駅前の松戸ワールドマンションの五〇七号室です」

「よし。町田征太郎も保護してやる」

篠田は安心させるように言った。

3

また、気分が落ち込んできた。体がだるい。不快感が襲ってきていたたまれなくなった。

のぞみは鏡台の抽斗を開けた。あっと、叫んだ。パケがない。

「ここだ」

本間が小さなビニール袋を手にしていた。

「ちょうだい」

のぞみは本間に迫る。

「だめだ」

「いや、ちょうだい」

のぞみは本間に摑みかかる。最近は薬欲しさになりふりかまわなくなっていた。しがみつき、本間の腕にかみつく。

「なにするんだ」

本間がのぞみを突き飛ばした。

悲鳴を上げて、のぞみは仰向けに倒れ込んだ。

本間はしゃがみ込み、

「のぞみ。そんなにこれが欲しいか」

と、顔を覗き込んだ。

「お願い、気分が悪いの」

「また俺の頼みをきいてくれるか」

「また、電話……」

「違う」

本間はのぞみのあごをつかみ、不敵な笑みを浮かべる。

「今度は何をするの？」

「働きに出てくれないか」

「どこへ？」

「風俗だ」

「いや」

「これいらないのか」

本間はパケをのぞみの目の前にちらつかせた。

「ちょうだい」

のぞみはあえいで言う。

「うんと言えば、上げる」

「働くからお願い……」

「デリヘルだ。いいな」

「やっぱりいや、デリヘルなんて」

「欲しくないのか」

「いや、早くちょうだい」

「働くな」

「うん……」

「よし」

のぞみは夢中で薬を奪い、馴れた手付きで水に溶かして注射器に吸い込み、右腕に注射をした。

その様子を、本間は含み笑いをして見ていた。


のぞみが草むらに立ってこっちを見ていた。まだ、子どもだ。小学校に上がった頃のようだ。

順治はあっと声を上げた。周囲の枯れ木から火の手が上がった。のぞみが反対方向に逃げたが、行く手を阻むように炎が立った。

のぞみ、こっちに来いと順治は叫ぶ。だが、のぞみに声が届かない。炎の輪はのぞみを包み込もうとしていた。

「父さん、助けて」

のぞみが叫ぶ。いつの間にか、成人したのぞみになっていた。

「待っていろ。今、行く」

順治は全身に水を浴び、炎の中に飛び込もうとした。だが、順治の腕を摑んでいる男がいた。

「放せ」

順治は男の手を振り払おうとした。だが、男は強く引っ張り、順治の動きを邪魔していた。

順治は男の顔を見た。本間だった。炎は天高く上っていた。

「のぞみ」

順治は絶叫した。

はっとして、順治は目を覚ました。汗をびっしょりかいていた。

最近、このような夢をよく見る。

そばにジローがいた。心配そうに顔を覗き込んでいる。

二日後、順治は休暇をとり、ジローを近所の家に預けて東京に向かった。

東京駅から中央線快速で四谷に行った。沢本銀次郎が所属している芸能事務所は四谷三丁目にあった。

事務所がそう簡単に住いを教えてくれるとは思えなかったが、とりあえず事務所に行った。

新宿通りは車で渋滞していた。新宿方面に歩いて行くと目当てのビルが見えてきた。

事務所は三階だ。エレベーターで上がる。丸和《まるわ》芸能事務所と書かれたドアを開けると、衝立《ついたて》の手前に机があって、そこにベルがあった。

それを押す。衝立の向こうから、女性が現われた。

「すみません。奥村と申します。沢本銀次郎さんにお会いしたいのですが」

順治は声をかけた。

「どのようなご用件で？」

「沢本さんの知り合いの本間明の連絡先を知りたいのです」

「本間明……、ちょっとお待ちください」

女性は奥に向かった。

しばらくして、鼻の下に髭を生やした男がやってきた。

「部長の小和田《おわだ》です。どういうわけで沢本銀次郎が本間明を知っていると思ったのでしょうか」

「五年ほど前、六本木のクラブのＶＩＰルームでふたりはいっしょだったと聞きました」

順治は迷惑顔の小和田に言う。

「何かの間違いではありませんか。沢本はそんなところに行っていないはずですが」

小和田が厳しい顔で答える。

「あるひとが見ていたのです。間違いないと思います。私は本間明の連絡先を知りたいだけなんです」

順治は訴えるように言う。

「それは沢本銀次郎ではないですよ」

「沢本さんに会わせていただけませんか」

「ひと違いだと言っているんですが」

　小和田は突き放すように言う。

「たぶん、事務所には話していないんですよ。いえ、話せないんでしょう。個室のＶＩＰルームでやっていたことはひとに話せる内容ではないですからね」

「…………」

　小和田の顔色が変わった。

「教えていただけないのなら、止むを得ません。私はどうしても本間の住いを知りたいのです。そのために沢本さんに会わなければならないんです。ここで埒《らち》があかなければ別のルートを当たりますので。失礼しました」

　教えたくないようなので、順治はあえてそういう言い方をした。

「待ってくださいな」

　小和田が呼び止めた。

「別のルートってなんですか」

「週刊誌の記者です。週刊誌の記者なら教えてくれるかもしれません。最初からそうすればよかったと反省しています」

　順治は出口に向かった。

「待って」

小和田はあわてて追ってきた。

「なんですか」

順治は振り返る。

「こっちにきてくれますか」

「いえ、私は早く本間のことを知りたいので」

わざと、行こうとした。

「教えますよ」

「何をですか」

「本間のことです」

「なぜ、今になって？」

「まあ、こちらに」

小和田が会議室に案内した。

楕円形のテーブルに向かい合って座る。

「あなたは本間のことをどうして知っているんですか」

小和田が真剣な眼差しできいた。

「娘がひどい目に遭わされているんです。薬です」

「薬……」

小和田は顔をしかめた。

「あの男は暴力団鳴海《なるみ》会と繫がりがある男ですよ。組員じゃありませんが、学生時代には大麻の栽培をして捕まっています。今は売人ですよ。一時沢本銀次郎にも近づいていたんです。やばいから付き合いをやめさせました」

「沢本さんもやっていたんですね」

「今はやっていません。本間とは切れていますから」

「そんな簡単に薬と切れるんでしょうか」

「本人はそう言っています」

小和田は困惑したように続けた。

「でも、これで週刊誌にこんなことが知られたら、面白おかしく書かれてしまいます、ですから、沢本銀次郎のことには触れないようにしていただけませんか」

「私は本間明の住所を知りたいだけですから」

小和田は携帯を取り出した。

操作をして、ようやく口にした。

「電話番号だけわかります。一年前のものですが、変わっているかもしれませんが」

そう言い、小和田は電話番号を教えてくれた。

「なぜ、本間の番号を知っているのですか」

「沢本と手を切らせたんです。だから、沢本は本間とは会っていないのです」

沢本銀次郎が本間と手を切ったのがほんとうかどうかわからないが、順治にはどうでもいいことだった。

「本間と沢本銀次郎はどういう縁で？」

順治はきいた。

「沢本銀次郎が女のことでトラブルを起こしたとき、本間が間に立って解決させたようです。それから沢本は本間を信用して」

「女のことでトラブルですか」

「その女にしても、本間があてがったのかもしれません。覚醒剤を売る目的で、沢本銀次郎に近づいたんです」

「とんでもない男だ」

順治は憤然とし、

「沢本さんは今はほんとうに本間と手が切れているのですか」

と、きいた。

「本人はそう言っています」

「薬をやっているような様子はないのですね」

「ありません」

「では、私は」

順治は立ち上がった。

小和田は渋い顔で見送った。まだ沢本銀次郎を疑っているのではないかと、順治は思った。

外に出て脇道に入り、人気のない場所で立ち止まり、本間の携帯に電話をかけた。

「はい」

男の声で応答があった。

「本間さんか」

順治は鋭くきく。

「あんたは？」

「のぞみの父親だ」

「………」

「もしもし」

「なんですか」

「今、東京に来ている。ちょっと会いたいんだ」

「………」

舌打ちが聞こえた。

「会わないなら警察に訴える。あんたが覚醒剤の売人だとわかっているんだ」

「いいがかりはやめてもらいたい」

本間は吐き捨てた。

「何がいいがかりだ。のぞみも覚醒剤づけにしているんだろう。会わないのなら、これから警察に訴えに行く」

「自分の娘に迷惑がかかってもいいのか」

「娘を助けるためだ」

「わかった。いいでしょう。今、どちらに？」

「四谷三丁目だ。沢本銀次郎が所属している丸和芸能事務所の近くだ」

「わかりました。こうしましょう。新宿三丁目の交差点の角にあるビルの一階に喫茶店があります。そこに三十分後に」

「わかった」

順治は電話を切った。

喫茶店で待っていると、本間は約束の時間に三十分遅れて現われた。

悪びれた様子もなく、向かいに腰を下ろし、ウエートレスにコーヒーを頼んだ。

「話ってなんです？」

本間はとぼけてきく。

「のぞみと別れてくれ」

「親父さん、何言っているんだね。のぞみが俺から離れないんだ。別れさせたいなら、のぞみに言ったらどうです？」

本間は含み笑いをした。

「覚醒剤をやっているのか」

「俺はやりませんよ、あんなださいもの」

「ださい？」

「今の若い奴は覚醒剤なんてださいと思ってやらないんです。でも、のぞみは覚醒剤が好きらしい」

「貴様が教えたくせに」

思わず、順治は本間に摑みかかろうとした。

「あれほどのめり込むとは思いませんでしたよ」

本間は口元を歪めて笑った。

「貴様」

ウエートレスがコーヒーを運んできた。

「いいか。もう薬はやめさせるんだ」

「それはのぞみに言ってくれなきゃ。俺に言ったたって仕方ない」

「のぞみと別れろ」

「困る」

「なに？」

「のぞみにはこれから……」

「これからなんだ？」

「まあ、いいじゃないですか。のぞみのことは俺に任せてくださいな」

「なんだと」

順治はいきり立った。

本間はコーヒーに口をつけ、

「一番大事なのはのぞみの気持ちでしょう。のぞみは親父さんより俺のほうがいいと言っているんだから」

「のぞみは今、どこにいるんだ？」

「俺のマンションですよ」

「どこだ？」

「のぞみにきいたらどうですか」

本間はにやりと笑い、

「俺から電話をしましょうか」

と、携帯を取り出した。

「いい、よせ」

順治は止めた。本間からかかってくれば本間の言いなりになるに決まっている。

「じゃあ、もういいですね」

本間は残りのコーヒーを飲み干した。

「沢本銀次郎も薬で繋がっているのか」

「どうですかねえ」

本間は含み笑いをした。

「一年前にあんたと手を切ったらしいが」

「そう言うしかないでしょうね」

「いいか。のぞみと別れるんだ」

「親父さん。あんたはひとりで高岡でのんびり暮らしたらどうですか。もう、あんたの出番はないんだ」

本間は立ち上がり、

「御馳走さま」

と、冷笑を浮かべて店を出て行った。

伝票を摑んで、順治は立ち上がった。

順治は喫茶店を出て、すぐにのぞみに電話をした。しかし、話し中だった。本間と話しているのだと思った。

十五分後に改めて電話をした。

「もしもし」

「のぞみか」

「…………」

「のぞみ、高岡に帰ってこい。本間と別れて帰ってくるんだ」

「父さん、ごめんなさい。私には大事なひとなの」

「ばかな。おまえは騙されているんだ。今からそこに行く。場所はどこだ?」

いきなり電話が切れた。

もう一度、電話をしたが、繋がらなかった。

順治は怒りから手が震えた。


のぞみは洗脳されているのだ。いや、覚醒剤から逃れられないのかもしれない。

のぞみのためにも、警察に相談は出来ない。本間と別れさせれば、のぞみはまた、しっかりとした生活に戻れるはずだ。

ふと、そのとき脳裏に何かが走った。やがて、それは徐々に形をなしていった。本間がいる限り、のぞみはどんどん覚醒剤の地獄に落ちていく。本間さえ、いなくなれば……。

店の窓ガラスに映る自分の顔が別人のように凄味を増していた。

探偵事務所の看板が見えた。携帯の電話番号と名前から住所を割り出すことが出来るかもしれない。順治は探偵事務所のドアを押した。

4

金子達也の遺体は司法解剖が終わって、四国から出てきた実兄が引き取った。そのまま火葬場に直行し、骨になった。金子は十八歳で家を出て、十数年振りの帰郷になると実兄が言っていたらしい。

火葬場には金子が前に勤めていた会社の同僚がやってきていたと、桧山警部補から聞いた。

その同僚の名を聞いて、篠田はその同僚に会う気になった。名は大柴だという。

事前に電話で約束をとりつけ、篠田と海藤は江戸橋にある会社に向かった。

昭和通り沿いにある会社のエントランスを入り、受付に行き、大柴の名を告げた。

電話をかけていた受付の女性が、

「すぐ参りますので」

と言い、壁際にある応接セットを指差した。

ソファーに座って待っていると、エレベーターを下りてきた三十過ぎと思われる男性が受付に行き、それからこっちに向かってきた。

篠田と海藤は立ち上がって迎えた。

「大柴です」

「電話で失礼しました。麻薬取締官の篠田です」

「海藤です」

ふたりは大柴に挨拶をした。

「さっそくですが」

と、篠田は切り出した。

「大柴さんは金子達也と親しくされていたのですか」

「ええ、彼とは同期だったので仲はよかったです。三年前に彼が会社を辞めたあとは、会う機会は減りましたが、たまに会っていました」

「金子さんが会社をやめたわけはなんだったのですか」

「上司のパワハラです。金子は上司から嫌われていました」

「なぜですか」

「彼は思ったことを平気で口にしてしまうんです。上司の悪口を言ったのを、誰かが告げ口したらしいんです。それから、わざときつい仕事をさせたり、ミスをしたときには他の者がいる前で激しく叱ったり……。それで嫌気が差してやめちゃったんです。二十九歳でした」

「やめて、どこかに就職を？」

「そうなんですが、半年後に会ったらもう辞めたって言ってました。自分に合わないからって。それからは、いろいろなバイトをしていました」

大柴は眉根を寄せた。

「金子が覚醒剤の売人をしていたことを知ってましたか」

篠田はきいた。

「いえ。部屋に覚醒剤を隠し持っていたと聞いてびっくりしました」

「じつは金子は大柴と名乗って売人をしていたんです」

「………」

大柴は複雑そうな顔をした。

「あなたは金子から覚醒剤の話を持ち込まれたことはないんですね」

「ありません」

「自分の仲間には売ろうとしなかったんですね」

「そうかもしれません」

「金子があなた以外に親しくしている人間に心当たりはありませんか」

「いえ」

大柴は首を横に振った。

「一番直近で金子に会ったのはいつですか」

「三か月前です。そのときも元気で、呑み代を払ってくれました。金回りがいいので、何をしているのか不思議だったんです」

「何をしているのかききかなかったのですか」

「健康食品の販売をしていると言ってました」

「それは健康食品の会社に入って？」

「いえ、フリーでやっていたそうです」

そこが覚醒剤の密売組織ではないかと、篠田は思った。

「会社がどこかわかりませんか」

「六本木だと言ってました」

「六本木……」

篠田は眉根を寄せ、

「どうやってその会社を知ったんでしょうね」

「ネットで見たそうです」

「ネットですか」

覚醒剤を扱っているサイトがある。いい金になるバイトということで、金子はそのサイトに連絡したのかもしれない。

「あなたは深川の平野にあるアパートに行ったことがありますか」

「いえ、ありません」

「金子に付き合っていた女はいたのでしょうか」

「さあ、どうでしょうか」

大柴は首を傾げたが、

「行きつけのスナックに好きな子がいたようですが」

「そのスナックはどこに?」

「錦糸町です。『やすらぎ』という名です。彼と何度か行ったことがありますが、常連のようでした」

スナックの詳しい場所を聞き、篠田は大柴と別れた。

その夜の七時過ぎ、ＪＲ錦糸町駅の北口の改札を出た。帰宅の通勤客で混雑していた。飲食店が並ぶ一画にあるビルに『やすらぎ』の看板があった。狭い階段を上がった二階にスナックが三軒並んでいた。廊下の突き当たりが『やすらぎ』だった。

海藤が扉を開ける。静かだった。まだ客はいなかった。カウンターからママらしい女性が出てきた。

「何か」

一瞬で客ではないと見抜いたようだった。

「金子達也という男をご存じですか」

篠田が口を開く。

「金子達也……」

「このお店によく来ていたと聞いたので」

「ええ、来ていました」

「金子さんが殺されたことは？」

「ニュースで知りました」

ママは答え、

「警察の方？」

と、篠田と海藤を交互に見た。

「こういうものです」

篠田は身分証明書を見せた。

「麻取ですか」

ママは目を見開き、

「金子さん、薬をやっていたのですか」

と、きいた。

「まだ疑いですが」

篠田は言い、

「金子さんはいつもどなたかといっしょに？」

「ひとりが多かったです。まことちゃんを気に入って通っていたんですけど、まことちゃんが辞めてからはほとんど顔を出しません」

「まことちゃんというのは？」

「田尾《たお》まことです。うちで四年前から働いていた子です」

「まことさんがやめたのはいつですか」

「半年前です」

「金子さんがやってきていたときには彼女はいたんですね」

「そうです」

「まことさんが今どこにいるかわかりませんか」

「いっしょに働いていた子が知っているかもしれません。きいてみます」

「じゃあ、わかったら知らせていただけますか」

「わかりました」

篠田と海藤はスナックを出た。

翌日、桧山警部補から電話があった。

「アパートの住人の聞込みから、金子の部屋を何度か訪ねてきた人物がわかりました。三十半ばの苦み走った顔だちで、スマートな男です。いつもサングラスをかけていたそうです。この男が犯人かどうかわかりませんが、張込みの最中に、今の特徴の男を見かけなかったか、調べてもらえませんか。特に火事騒ぎのときです。住人は騒ぎに気をとられ、他の者に注意を払っていませんでした」

「消防署の通報者はわかりましたか」

篠田はきく。

「通報は駅前にあるコンビニ前の公衆電話からです。女の声だったそうです。共犯者ではないかと思われます」

「わかりました」

篠田は電話を切った。

「木下」

篠田は斜交《はすか》いに座っている木下に声をかけた。

「今、桧山警部補から電話があった。金子の部屋を、三十半ばの苦み走った顔だちでスマートな男が何度か訪ねていたそうだ。張込みのとき、そんな男に気づかなかったか」

「そうですね」

木下は首をひねった。

「あの火事騒ぎがあったとき、金子の部屋から犯人は出てきたのだ。アパートから離れて行った男がいたんだ。不審な動きをした者がいたはずだ」

篠田は記憶を思い起こさせるように言う。

「そういえば……」

隣に座っている浅村の目が鈍く光った。

「アパートの外階段を下りて、ひとりだけ裏のほうに行った男がいました。さして気にもとめなかったのですが、細身の男でした」

「そういえば、そんな男がいたな」

木下も応じる。

「その男は金子の部屋から出てきたのに違いない」

密売組織の人間だろう。

今度は携帯が鳴った。

『やすらぎ』のママだ。

「はい、篠田です」

「昨夜はどうも」

ママは挨拶をしてから、

「まことちゃんの携帯の電話番号がわかりました」

「ありがとうございます」

篠田はメモ用紙に番号を控えた。

電話を切ったあと、海藤にメモ用紙を渡し、連絡を頼んだ。

海藤は電話をかけた。

「もしもし。田尾まことさんですね」

海藤が確かめる。

「私、関東麻薬取締官の海藤と申します。錦糸町の『やすらぎ』のママから田尾さんのことをお聞きしました。じつは金子達也さんのことで……」

海藤は黙って相手の声を聞いてから、

「そうですか。でも、お話をお聞かせくださいませんか」

また海藤は相手の声を聞いている。

「わかりました。少々お待ちください」

海藤は送話口を押さえ、

「今夜、『やすらぎ』で七時にどうですかと言うんですけど」

と、篠田を見た。

篠田が頷く。

「では、今夜七時、『やすらぎ』でお願いいたします」

海藤は電話を切った。

「ごくろうさん」

篠田は労《ねぎら》った。


その夜、篠田と海藤は『やすらぎ』に行った。

扉を開けると、ママとカウンター越しに話をしていた若い女性が顔を向けた。ボブヘアーで目鼻だちがはっきりしていた。二十五、六歳だ。

田尾まことだろう。

ママが出てきて、篠田と海藤に向かい、

「まことちゃんです」

と、若い女性を紹介した。

「電話では失礼しました」

海藤が声をかける。

「金子さんを殺した犯人はまだわからないのですか」

まことはスツールから下りていた。

「そのことで、いろいろお話をお聞きしたいのです」

篠田はまことに言う。

「はい」

テーブル席に腰を下ろし、さっそく質問に入った。

「あなたが金子さんに最後に会ったのはいつごろですか」

「半年前です。このお店をやめた直後です」

「このお店をやめたわけはなんだったのですか」

「職場が三鷹の営業所に変わったんです。それで、アパートも引っ越したので、ここまで通いきれなくなったんです」

「金子さんとはおつきあいを？」

海藤がきいた。

「お店を介してのつきあいでした」

「金子さんはあなたにご執心だったのでは？」

「何度か、誘われましたけど……」

まことは俯いた。誘われたというのはホテルという意味だろうか。

「金子さんの知り合いと会ったことはありませんか」

「いえ。あっ」

まことは思いだしたように、

「一度、同伴で金子さんと食事をしているとき、金子さんに声をかけてきたひとがいました。三十半ばぐらいのひとです」

「顔だちは？」

「サングラスをかけていましたが、整った顔をしていました。どこか崩れた雰囲気があって、少し怖い感じがしました」

金子のアパートを訪ねてきた男に似ている。篠田は昂りを抑えてきいた。

「どういう関係か、金子さんは言ってませんでしたか」

「商売で世話になっているひとだと」

「金子さんの商売はなんだか知っていますか」

「健康食品の販売をしているとだけ。詳しいことはわかりません」

「名前は言ってませんでしたか」

「いえ」

「その男はひとりでしたか」

「そうです」

「その店はどこですか」

「不忍池《しのばずのいけ》の近くにある『王府《ワンフー》飯店』という中華料理店です」

「そこを金子さんは予約していたのですか」

「そうです。予約をしてました」

「金子さんに口説かれていたんですよね」

海藤がきいた。

「ええ、まあ」

「何か金子さんから妙なことを言われたりしませんでしたか」

「私が最近仕事が忙しくて疲れがなかなかとれないと言ったら、すっきりする薬が有ると言うので」

「もらったのですか」

「もらいません」

「飲まなかったのですね」

「ええ、飲みません。ちょっと、怪しいと思って」

「どうしてそう思ったのですか」

「騙されたと思って飲めとか、ずいぶん熱心に勧めるんです。いつか、芸能人が大麻で捕まったとき、大麻は外国では合法だと言って、金子さんは逮捕した警察をずいぶん非難していたのです」

「あなたはその薬をなんだと思ったのですか」

「危険ドラッグだと」

まことは言って、さらに続けた。

「以前にちょっとだけここで働いていた子が躁鬱の気があると言ったら、金子さんに薬を勧められたと言っていたんです。すっきりするからと。その薬をもらって、あとでカウンセリングの先生に見てもらったら、こんなものとんでもないと言われたそうです。一時的に爽快になっても、あとでたいへんなことになると」

「そんなことがあったのですか。あなたは賢明でした。おそらく、金子はあなたを薬で思うように支配しようとしたのかもしれません」

海藤が言うと、まことは恐ろしそうに眉を寄せた。

「金子さん、そんなことしていたの？」

ママが厳しい顔で口をはさんだ。

「金子は覚醒剤の売人です。たくさん、客を作りたかったのでしょう」

海藤は憤然とした。

「まことちゃんが毅然としてくれてよかったわ。もし、まことちゃんが薬を飲んでいたら、味をしめて他の女の子にも勧めていたかもしれないわ」

ママは溜め息をついた。

「金子さんは売人の仲間に殺されたのですか」

まことがきいた。

「おそらく、そうでしょう。仲間割れか、それとも、私たちに目をつけられ先手を打ったのかもしれません」

「でも、どうして金子さんは売人になったのかしら」

「ネットを通してかもしれません」

篠田は言ってから、

「今聞いた話は警察にも伝えます」

と、念のために言った。

「わかりました」

ふたりに別れを告げ、篠田と海藤は上野に向かった。

不忍池の近くにある『王府飯店』という中華料理店はすぐわかった。

ビルの一階にある店だった。

チャイナ服を来た女性が入口に立っていた。

名乗ってから客のことできぎたいと言うと、蝶ネクタイの店長を呼んできた。

「金子達也という客が何度かここを利用しているんですが、覚えていませんか」

「さあ、わかりません」

店長は首を横に振った。

「ここは予約をしたお客さんの予約状況は台帳に残っているのでしょうか」

「ええ。パソコンで管理しています」

「では、半年前に金子達也が予約をして、ちゃんとここに来たかどうかは確かめることが出来るのですね」

「ええ」

「同じ日に予約をした他のお客さんの名簿を見せていただけませんか」

「それは……」

店長は渋い顔になった。

「その日、金子達也は知り合いの男とここでばったり会っているんです。その男も当日こちらを予約していたようです。その男の名を知りたいんです」

「申し訳ありません。他のお客さまの迷惑になってしまいますから」

「決して迷惑をおかけするようなことは……」

「しかし、名簿のお客さまにひとりずつお訊ねになるわけですね。いきなり、麻薬取締官が事情をききにきたらびっくりするし、周囲の人間に変な誤解を与えかねません」

店長は頑強に拒んだ。

「わかりました。じつは金子達也は先日殺されました。疑いが、その男にかかっているのです」

「………」

「我々は麻薬取締官なので令状を請求してもとれそうもありません。殺人事件の捜査ということで警察に訴えることになります。改めて警視庁のほうから」

「待ってください。それはほんとうですか」

「ええ。金子は覚醒剤の売人なのです。その男は売人仲間か、あるいは客かも。もしかしたら、この店が取引の場所に使われた可能性が……」

「そんなばかな」

店長はあわてた。

「当日いらっしゃった他のお客さまにこちらから電話をして了解を得てからリストをお渡しいたします。それで構いませんか」

「わかりました」

篠田は応じた。

着実に元売りの男に近づいているという手応えを感じていた。

5

その日の朝、順治は会社の机に向かい、嶋《しま》専務の出勤を待った。

十時近くになって、専務室の秘書から電話があった。

「お見えになりました」

「ありがとう」

順治はすぐに専務室に向かった。

ドアをノックし、部屋に入る。

「失礼します」

「どうしたんだ？」

嶋武郎《たけろう》は訝しそうな顔を向けた。六十過ぎの小柄な男だ。

「これを」

順治はいきなり退職願いを差し出した。

「なんだ、これは？」

受け取った嶋は目を剝いた。

「一身上の都合で……」

嶋は立ち上がり、入口の近くにある応接セットに向かった。

「座りたまえ」

嶋は腰を下ろして言う。

順治は嶋と向かい合って座った。

「何があったんだ？」

嶋は厳しい声で、

「どこかから誘われたか」

と、きいた。

「とんでもない。仮に誘われても行きません。私はこの会社が好きですから」

順治ははっきり言う。

「では、なんでだ？」

「はあ」

「まだ、奥さんのことで……」

「違います」

「君が入社したとき、私は直属の上司だった。それから三十年以上、共に頑張ってきたんじゃないか」

「はい。専務の御恩は忘れません」

妻との結婚も子どもが生まれたときも祝ってくれた。

「わけを話してくれないか」

「はい」

躊躇いながら、順治は口を開いた。

「娘のことです」

「のぞみちゃんがどうかしたのか」

「お恥ずかしいのですが、のぞみは悪い男とつきあい……」

順治は途中で言葉を切った。

「それで」

嶋が先を促す。

「のぞみはその男から薬物を……」

「薬物？」

「覚醒剤です」

「なんだって」

嶋は顔色を変えた。

「相手の男は本間明と言います。早く本間と別れさせないと、のぞみは薬物依存症になってしまいます。のぞみを本間から引き離すためにも、しばらく東京で過ごそうと思っているのです」

「のぞみちゃんがそんなことに……」

嶋専務は表情を曇らせた。

「そういう事情なら仕方ない」

「引き継ぎが済み次第、自由になりたいと思います」

「いや、一刻も早いほうがいい。君の代わりに誰かつける。サポートは私がやる。どうしても君でなければわからないことは電話できくことにしよう。常に電話が繋がるようにしておいてもらおう」

「ありがとうございます」

順治は頭を下げた。

「それから会社を辞める必要はない。しばらく休暇をとることにしろ」

「でも会社にも迷惑をかけてしまいます」

「早く、解決出来るかもしれないではないか。そのときに、会社に復帰すればいい」

「……………」

順治はそんないい解決が出来るとは思っていない。話し合いで本間が言うことを聞くはずがないからだ。

だが、今は嶋専務の好意を素直に受けることにした。

「すみません」

「いや。のぞみちゃんは私にとっても娘みたいなものだ。ただ、のぞみちゃんの婿にと心に決めていた男がいたのだ。残念だ」

嶋は渋い顔で言った。

「申し訳ありません」

「いや、それより、のぞみちゃんは警察に捕まることになるのか」

のぞみが警察に捕まる。そう思っただけでも胸が張り裂けそうになった。順治は深呼吸をして気持ちを落ち着かせた。

「ジローはだいじょうぶなのか」

嶋はきいた。

「近所で預かってもらっています」

「そうか。私が預かってもいい」

「ありがとうございます。そうですね、いつかそうしていただけると」

順治は深々と頭を下げた。

東京駅に着き、順治はのぞみの携帯に電話をした。

電話に出ないと思ったが、今回は出てくれた。

「父さん……」

「今、東京駅に着いた。これから会いに行く。場所を教えてくれ」

「ごめんなさい。今、どうしても会えない」

「どうしてだ？」

「…………」

のぞみが嗚咽を漏らした。

「のぞみ、どうしたんだ？」

順治はさらに、

「おまえは、薬物をやっているんじゃないのか」

と、口にした。

「やっていないわ」

「正直に言うのだ。薬を断ち切らなければ、体がぼろぼろになってしまう」

「やっていないって言っているでしょう」

突然、のぞみの口調が激しくなった。

「もう切るから」

「のぞみ、待つんだ」

順治は叫んだ。

「もう放っておいてよ。子どもじゃないんだから」

電話は切れた。

もう一度かけ直したが、のぞみは出ようとしなかった。

順治は啞然とした。やはり、のぞみはおかしい。

早くなんとかしなければと焦った。

今度は本間に電話をした。だが、出ない。

やはり警察に相談するしかないか。順治は迷った。のぞみを警察に売ることになる。

だが、このままではのぞみはどんどん薬物に汚染されていく。

もう一度、本間に電話をかけた。やはり、出ない。

順治は本間の携帯にショートメールを送った。


――これから警察に行く。


十数分後、電話が鳴った。本間からだ。

「もしもし」

「親父さん、何か勘違いしていないか」

いきなり、本間は恫喝的に言い、

「まるで俺が覚醒剤をやらしているみたいに言うが、のぞみが自分で使っているんだ。警察に訴えたって、のぞみがやばいだけだぜ」

「見え透いたことを言うな。おまえだってやっているんだろう。このままじゃ埒があかない。もう警察を頼るしかないんだ」

「待てよ」

本間はあわてた。

「とりあえず、話し合おう」

「話し合う必要はない。のぞみを返せ」

「わかった。のぞみに会わせる。それならどうだ?」

「のぞみはどこにいる?」

「新宿三丁目のこの前の喫茶店に連れて行く。三時でどうだ?」

「わかった」

会ったら、必ずのぞみを連れて帰る。順治は強い思いで下腹に力を込めた。

三時前から、順治は窓際の席に座り、のぞみと本間を待った。

約束の時間を少し過ぎて、本間がやって来た。ひとりだ。

順治は立ち上がって本間を問いつめた。

「のぞみはどうした？」

「いやがっているんです」

本間は含み笑いを浮かべ、

「座ったらどうです」

と、勝手に腰を下ろした。

「最初から連れてくる気はなかったのだな」

順治は怒りから声が震えた。

「のぞみがいやがっているんです」

平然と言う。

ウエートレスが注文をとりに来た。

「すぐ引き上げるので」

本間はウエートレスを追い払った。

「すぐ引き上げるだと。ふざけるな」

順治は大声を出した。近くのテーブルにいた客がいっせいに顔を向けた。

「親父さんよ。のぞみのことは俺に任せるんだ」

「もういい。警察に行く」

「待ちなよ」

本間は体を乗り出して声をひそめ、

「薬はのぞみが自分で勝手にやっているんだ。俺はやっていない。警察に訴えたらのぞみが困るだけだ。自分の娘を犯罪者にしていいならどうぞご自由に」

「…………」

「警察がやってきたら、俺はこう言う。のぞみは俺に隠れて薬をやっていたと。まったく気づかなかったとね」

「きさま」

「のぞみのことは心配ない」

「のぞみをどうするつもりだ？」

「だから心配ないって言っている。のぞみの親父さんだから俺も我慢しているが、そうじゃなければ……」

「そうじゃなければ、なんだ？」

「まあ、いい」

本間は立ち上がった。

「待て」

順治も立ち上がって、本間の腕を摑んだ。

「逃げる気か」

「おいおい、皆が見ているぜ」

本間は順治の腕を振り払った。

ウエートレスや客の視線が集まっていた。

本間は出て行った。外に、大柄な男がふたり待っていた。本間の仲間のようだ。ひとりは眉が薄く、きつね目で、無気味な感じの男だ。花柄の開襟シャツの胸元に金のネックレスが光っていた。本間と同い年ぐらい。もうひとりは若く、坊主頭で顎鬚《あごひげ》を生やしていた。ふたりとも筋骨がたくましく、危険な感じがした。

暴力団の組員のようだ。

本間はふたりと何か話し込んでいた。順治はレジで金を払いながら本間の様子を窺った。ようやく、レジを離れ、店を出た。

「本間。待て」

順治は大声を張り上げた。

本間は立ち止まった。ふたりに声をかけて戻ってきた。

「あの連中はなんだ？　暴力団か。俺を脅すつもりで連れてきたのか」

順治は問いつめる。

「これからあのふたりと出かけるところだ」

「あんたも組員か」

「俺は組の人間じゃない」

「だが、あのふたりと親しそうじゃないか」

「仕事でのつきあいだ」

「覚醒剤の密売か」

順治は口元を歪め、

「のぞみを返さないと、警察に行く。のぞみが捕まっても仕方ない」

と、強い口調で言った。

「親父さん。わかった。高岡の家で待っていてくれないか。二、三日中にのぞみを連れて行く」

「またごまかすつもりか」

「ほんとうだ」

「信じられるか」

「ちょっと待て」

本間は言い、携帯を取り出した。

しばらく、話し込んでいたが、本間が携帯を寄越した。

「父さん」

「のぞみか」

「二、三日のうちに高岡に帰るから。だから、家で待っていて」

「ほんとうか」

「ほんとうだよ」

本間からそう言えと強要されているのではないかとも思ったが、のぞみの言葉を信じることにした。

「わかった。ほんとうに帰ってくるのだ、いいね」

「うん」

「待っているからな」

「わかった」

「さぁ、もういいでしょう」

本間は携帯を取り上げ、のぞみに何か告げてから通話を切った。

「親父さん。わかったでしょう。ちゃんと連れて行くから」

「二日だ。二日のうちに連れてこい」

順治は語気を強めた。

「もし、嘘だったら、警察に行く」

「だいじょうぶですよ」

本間は口元を歪め、

「じゃあ」

と手を上げ、仲間と去っていった。

その日、順治は高岡に帰った。

帰宅したが、ジローのいない家は寂しかった。

仏壇の前に座り、線香に火を点ける。

「のぞみを見守ってくれ」

順治は手を合わせた。

のぞみは二、三日のうちに帰ってくると言ったが、本間の言いなりのような気がした。精神も肉体も本間に操られているのではないか。

もし、のぞみが帰ってこなければ警察に訴えるつもりだが、本間はもしかしたら今は覚醒剤をやっていないかもしれない。

のぞみだけが悪者になり、本間は平然としている。そんな気がした。本間の支配から抜け出せるか。

本間がいる限り、のぞみは本間の呪縛から逃れられないかもしれない。順治の心の底から激しいものが噴き出していた。

そのとき、携帯の電話が鳴った。

「もしもし」

「葵《あおい》探偵事務所です。ご照会の件、わかりました」

順治は胸の昂りを抑えて聞いていた。

第三章 逃亡者

1

金子のほうは中華料理店『王府飯店』の店長からの電話待ちで、その間、篠田は大東製菓の武藤淳一の内偵をはじめたが、意外なことがわかった。

武藤淳一に関しては、警視庁組織犯罪対策五課が数年前から内偵を続けていたことがわかり、篠田は手を引かざるを得なかった。

もうひとりの町田征太郎は松戸ワールドマンションの五〇七号室から出てきたところに声をかけて麻薬取締部の事務所に任意同行を求めた。

岡本まりえとの関係は認めたが、覚醒剤の使用は否定し、尿検査でも覚醒剤は検出されなかったのですぐ釈放したが、橋田が浅村と与野とともに内偵を続けている。

『王府飯店』に聞込みに行ってから三日後、店長から電話があった。

「遅くなりました。予約の履歴を見ると、当日は五件の予約が入っていました。その中で、お訊ねのひとは本間明さんではないかと」

「本間明ですね。どうしてそう思われたのですか」

篠田は確かめた。

「うちの従業員が覚えていました。本間さんは何度かご来店いただいておりました。本間明さんは三十半ば、背がすらりとして渋い感じで、連れの女性も女優のように綺麗な方だったそうです」

「その女性の名はわかりませんよね」

「食べ物を運んだ従業員はのぞみと呼んでいたと言っています」

「その従業員はなぜ、半年前のことをそんなによく覚えていたのでしょうか」

「個室の部屋に入ったとき、のぞみという女性は饒舌で、奇声も発していたというんです。最初はずいぶんおとなしそうだったので、その落差に驚いたようです」

「何か感じたというのですか」

「かなりハイになっていたので、薬でもやっているのではないかと思ったそうです」

店長は言葉を切ってから、

「念のために本間さん以外の四人の方には電話で事情をお話しして、了解を得ました」

「本間明には連絡していないのですね」

篠田は確かめた。

「はい」

「わかりました。で、本間明の連絡先は？」

「電話番号を申し上げます」

篠田は番号を控えた。

「わかったのですか」

電話を切ったあと、海藤がきいた。

「本間明という男だ」

「本間明？」

海藤はパソコンを操作し、ネットで本間明の名を検索した。

「やはり、そうでした。十三年前、本間明は大麻の栽培で警察に捕まっています」

海藤は篠田に顔を向け、

「警察に知らせますか」

と、きいた。

「いや。本間が金子のアパートを訪れた男と同一人物だという証拠はない。もう少し、こっちで調べたい」

「わかりました。とりあえず、電話会社に持ち主の照会をします」

「頼んだ」

携帯の電話番号から持ち主を照会することは何度も行っていて、今度も麻薬取締官からの要請にすんなり回答があった。

住所は文京区根津《ねづ》の『根津ツインマンション』の七階七〇八号室だった。

課員全員で張込むことになった。

不忍通りから一本奥の坂道を上がったところに『根津ツインマンション』はあった。近くに根津権現があり、落ち着いた環境だ。

マンションの入口を見通せる場所に車を停めた。運転席に木下、助手席に海藤、篠田はいつものように後部座席にいた。ベテランの橋田、若い浅村と与野は坂の上のほうに車を停めた。

篠田は車を下りてマンションの入口に向かった。ガラスの扉からエントランスを見ると、郵便受けが見えた。七階七〇八号室に本間の名札があったのを確認した。

篠田は車に戻った。

三時ごろ、三十半ばの男が坂道を上がってきた。『根津ツインマンション』のエントランスに向かった。

サングラスをかけて苦み走った感じの男だ。

「本間でしょうか」

海藤がきく。

「背格好もそれらしい」

本間に間違いないと思った。

「かけてみろ」

「はい」

海藤は『王府飯店』の店長から聞いた本間の携帯に電話をかけた。

本間はオートロックを操作し、ドアを開けて中に入った。そのとき、携帯を取り出し耳に当てた。

「浅村さんですか」

海藤は呼びかける。

「いや」

「失礼しました」

海藤は電話を切った。

「間違いない。奴が本間だ」

だが、金子のアパートを訪ねた男と同一人物かどうかはまだわからなかった。

マンションから主婦らしい女性が出てきて坂道を下って行った。それから十五分後にさっきの主婦は戻ってきた。小さなビニール袋を提げている。不忍通りにあるコンビニかドラッグストアにでも行ってきたのだろう。

「あの女性に、七〇八号室の住人が本間だけかきいてきてくれ」

篠田は海藤に言う。

「わかりました」

海藤は車を下り、道路を渡った。海藤の前を髪に白いものが混じった男が歩いている。五十過ぎと思われる男がマンションの前で立ち止まり、オートロックを操作している主婦に声をかけた。

海藤は近くで佇《たたず》んだ。主婦が扉を開けてエントランスに入って行った。男はマンションの前から離れようとしなかった。

しばらく迷っていたが、男はオートロックを操作した。何事か声をかけていた。

海藤がそのまま戻ってきた。

「どうした？」

篠田は不思議に思った。

「あの男のひと、七〇八号室は本間という男の部屋か、若い女もいっしょにいるのかときいていました」

「若い女？」

「はい。主婦はいると答えていました。男のひとはずいぶん真剣な顔つきでした。そして、今七〇八号室を呼び出しましたが……」

男はマンションに入れずにいる。

「何かわけがありそうだな」

「ええ、気になります」

「よし、声をかけてみよう」

篠田は車を下り、坂道を上がった。

道路を渡り、マンションの前にやってきた。男は迷ったように立っている。

篠田は男に近づき、

「ちょっとよろしいですか」

と、声をかけた。

「なにか」

男は驚いたように顔を向けた。

「本間さんのお知り合いですか」

「あなたは？」

警戒ぎみにきき返した。

「私も本間さんに用がありまして」

「本間の仲間か」

男は鋭い形相になった。

「いえ、違います」

「…………」

「少し、お話をお聞かせいただけませんか」

「警察？」

男は怯えたようにきいた。

「なぜ、そう思われましたか」

「それは……」

本間が覚醒剤をやっていることを知っているのだと思った。

「ここではお話し出来ません。よろしかったら、向こうで」

男を車の中に誘った。

男は迷っていたが、黙ってついてきた。

ドアを開け、車に乗るように言う。

「あなた方は何者なのですか」

もう一度、男はきいた。

「怪しいものではありません。さあ」

男は乗り込んだ。

後部座席で、篠田は男と並んだ。

「警察の方じゃないんですか」

男が訝しげにきいた。

「麻薬取締官です」

「麻薬……」

男は声を呑んだ。

「篠田と申します」

篠田は身分証明書を見せた。

「海藤です」

助手席から振り返って、海藤も名乗る。

男は大きく深呼吸をしたが、狼狽した様子はなかった。

「本間さんとはどのようなご関係ですか」

篠田は改めてきいた。

男は口を閉ざした。

「失礼ですが、お名前は？」

「奥村順治と申します」

男は名乗った。

「奥村さん、本間明は覚醒剤の密売組織に関わっているのではないかという疑いがあります。あなたは本間とどういう関係なんですか」

「それは……」

「先ほど、若い女のことをきいていましたね」

海藤が口をはさんだ。

「娘です」

「娘さん？」

「本間と同棲しているのですか」

篠田は確かめる。

「ええ」

「なぜ、部屋に行かないのですか」

「私を拒んでいるんです。部屋を呼び出しましたが、拒絶されました。本間が会わせないんです」

「なぜですか」

「本間と別れさせようとしているからです。でも、娘は本間の言いなりで……」

「それがわかっていてここに来たのですか」

「住いを確かめにきたのです」

「あなたは本間が覚醒剤の売人だと知っていたのですね」

「いえ」

「知らない？　では、なぜ娘さんと別れさせたいのですか」

「本間が信用出来ない男だからです」

奥村順治は不安そうな顔で、

「あなた方は本間を捕まえるためにここに？」

と、窺うようにきいた。

「まだ、そこまではいっていません。覚醒剤の売人だという証拠を摑むためです」

篠田は言ってから、

「もし、本間を刑務所に送り込むことが出来たら、娘さんと別れさせられます」

と、付け加えた。

「どうでしょうか。娘は本間の虜《とりこ》になっているんです。覚醒剤の売人だったとしても、せいぜい二、三年で出てくるんじゃありませんか。出てきたら、また……。本間がこの世からいなくならない限り、娘は……」

奥村順治の手が小刻みに震えていた。

篠田は迷ったが、あえて口にした。

「じつは、本間の仲間と思われる覚醒剤の売人が殺されたんです。その殺人の疑いもかかっています」

「……………」

奥村順治は目を見開いた。

「殺人であれば刑期は十年以上あります。娘さんを引き離すに十分な時間が出来ます」

篠田は続けた。

「そうは言っても、出来るなら一刻も早く、娘さんを本間から引き離したほうがいいでしょうね。でないと、本間に薬を教え込まれてしまうかもしれません。覚醒剤に手を出したら、身も心もぼろぼろになってしまいます。それだけでなく、本間の悪事の片棒を担がされてしまう可能性もあります」

火事騒ぎのとき、消防署に通報した女はこの男の娘の可能性もあると思いながら、篠田は言った。

「娘は……」

奥村順治は言いさした。

「なんですか」

「娘は……。いえ、なんでも」

「娘さんの名前を教えていただけますか」

「のぞみです」

間があって、ようやく答えた。

「のぞみ……」

篠田はふいに胸の底から突き上げてくるものがあった。十二歳のときに別れた娘と同じ名前だった。

「お幾つですか」

「二十七歳です。四年前に母親が亡くなり、寂しかったのかもしれません。その心の隙を埋めるように本間が……」

やはり、自分の娘が覚醒剤をやっていることに気づいているのではないかと思った。

篠田は奥村順治の苦悩に満ちた顔を見つめ、

「もし、のぞみさんが覚醒剤をやっているようなら早くやめさせ、治療を受けさせなければいけません」

と、諭すように言った。

「何かあったら、ここに電話をしてください」

篠田は名刺を渡した。

「よろしければあなたの連絡先を教えていただけませんか」

携帯の電話番号を聞いて、篠田は外に出た。続いて奥村順治が車から下りた。

強い陽射しの中、奥村順治は坂道を下って行った。

海藤も外に出て、奥村順治を見送った。

「娘は覚醒剤をやっているに違いない。言い出せなかったんだ」

篠田は呟いた。

男の背中は寂しそうだった。篠田は十二歳で別れた娘のことを思いだしていた。

2

順治は根津からタクシーで上野駅まで行き、北陸新幹線に乗った。

窓際の席からぼんやり外の風景を眺める。

探偵事務所の調査で、本間が根津のマンションに住んでいることがわかって、矢も楯もたまらず、東京に出てきた。

やはり、本間の部屋にのぞみが住んでいた。インターホンで部屋を呼び出すと、本間が出て、明日、高岡に連れて行くから待っていろと言った。一目のぞみに会わせろと頼んだが、本間は明日だと頑として言い張った。それ以降はいくらインターホンを押しても応答はなかった。

引き下がるしかなかった。

だが、衝撃的な事態が待っていた。麻薬取締官が本間を張込んでいたのだ。本間の部屋が家宅捜索されたらのぞみも逮捕されるだろう。

しかし、薬物依存症から抜け出すには、罪に問われても麻取の世話になるしかないかもしれない。

覚醒剤取締法違反容疑で逮捕された芸能人の事例をみると、逮捕され起訴されても、初犯だと裁判で執行猶予がつくことが多い。

ただ問題は、逮捕によって本間と別れることが出来るかだ。いや、覚醒剤を断ち切ることが出来るかだ。

治療を受けて、薬物依存症から抜け出せたとしても、本間といっしょにいる限り、また薬物に手を染めてしまうかもしれない。

本間がのぞみに近づかないように、近づけないようにしなければならない。それは本間が生きている限り、無理かもしれない。

順治は胸の底から何か激しいものが突き上げてくるのを意識した。自分の考えていたことに気づいて思わず体が震えた。

新高岡駅から城端線に乗り換えた。終点の高岡に着き、書店に寄って薬物依存症に関する本を買い求めた。

家に帰って、順治は近所の知り合いの家にジローを引き取りに行った。今夜は一晩ジローといっしょに過ごしたかった。

ジローは尾っぽを振り、くるくるまわったりしてはしゃいでいた。順治の顔をペロペロと舐めてきた。

「ジロー、いい子だ」

順治はジローを抱き締め、

「のぞみのことを見守ってくれな」

と、頼んだ。

応えるように、ワンと吠えた。

それから、ジローといっしょに仏壇の前に座る。ジローもおとなしく畏《かしこ》まる。

「孝子。必ず、のぞみを連れ戻す。見守ってくれ」

線香を上げ、手を合わせた。

それからジローといっしょに夕飯を食べた。

食器を洗いながら順治はふいに涙があふれてきた。なぜ、こんなことになってしまったのだと、怒りが込み上げてきた。

ジローが足元に寄り添っていた。

居間に行き、アルバムを引っ張りだす。

のぞみが生まれたときから高校を卒業するまでのアルバムが七冊ある。まだ、若い孝子も笑顔で写っている。

保育園の入園式に遠足、学芸会、卒園式とのぞみの成長が見てとれる。順治はつい顔が綻《ほころ》んだ。

この頃はまだジローはいない。ジローが登場するのはのぞみが中学生になってからだ。

アルバムには家族の思い出がたくさん詰まっていた。

ベッドに入る。ジローがぽんと飛び乗り、順治の枕元で丸くなった。

買ってきた本を開いた。松本俊彦著『薬物依存症』（ちくま新書）である。

覚醒剤はきわめて強力な中枢神経興奮薬に分類されるという。

覚せい剤には、神経細胞の末端からのドーパミン放出を促す作用があります。ドーパミンというのは、私たちの意欲や気分、あるいは覚醒度に密接に関係する神経伝達物質であり、覚せい剤はその放出を促すことを介して、意欲が高まったり、気分が高揚したり、眠気がなくなったりといった効果を発現するわけです。

しかし、弊害が二つあります。一つは、連用によって効果に対する馴れ（耐性形成）を生じやすく、効果を維持するには使用する量や頻度を増やす必要があります。常用していると、覚せい剤の効果が切れたときに一種の虚脱状態を呈し、無気力で何ごとも億劫でしかたがなくなります。
もう一つは、使用量・頻度が増えてくると、意欲や気分に対する覚せい剤の効果が低下するのとは反対に、覚せい剤が引き起こす一種の神経過敏傾向はむしろ徐々に強まってくることです。そして、そうした傾向が非常に強くなると、幻聴や被害妄想といった精神病症状へと発展するわけです。（中略）
いずれにしても、覚せい剤使用に関連する精神病症状が出現すると、幻聴や妄想の世界と現実世界との区別がつかなくなります。

のぞみはこのような状態なのか。薬物依存症なのか。薬物依存症を端的に説明すると次のようになるという。

自分でやめよう、あるいは控えようと決意するにもかかわらず、何度も失敗してしまい、もはや薬物の使用が自分の意志ではコントロールできない状態。

のぞみは薬物を断ち切りたいと思っているのではないか。それが出来ずに苦しんでいるのだ。

警察や麻取に捕まり、刑務所に入れば薬物依存症から抜け出せるのか。確かに、刑務所に入っている間は薬物から切り離される。しかし、出所したあと、また覚醒剤に手を出してしまうケースが多い。

このことについて、著者は次のように言う。

薬物依存症患者は、長く薬物をやめていても、かつて薬物をよく使用していた場所を訪れたり、薬物を一緒に使用していた仲間と街で偶然出会ったり、覚せい剤の粉末を溶かすために携行していた五〇〇ミリリットルのミネラルウォーターのペットボトルをたまたま目にしたりしただけで、薬物の欲求が蘇ることがあります。

これを読んで、改めて本間と別れさせなければならないと思った。

それよりまずのぞみの薬物依存症からの回復だ。やはり、精神科医療機関に入院させてみるべきか。

だが、このことについて著者はこう言う。

薬物依存症からの回復支援を論じるにあたって、私が最初に取り上げたいと考えているのは、医療機関での治療法ではありません。依存症の当事者による相互支援——すなわち、「自助グループ」の存在です。

順治はのぞみが可哀そうでならなかった。ひとりで苦しんでいるのだ。好きになった男から薬物を教えられて、身も心もぼろぼろになってしまったのだ。胸が張り裂けそうになった。

その夜、なかなか寝つけなかった。


翌五月三十日の朝、ジローと散歩に行った。

いつものコースで高岡大仏のほうに向かう。

仁王像が両側に立っている境内入口から参道に入る。円い輪の光背をつけた大仏が正面に鎮座している。高さ約十六メートルの青銅の大仏である。もともと木造の大仏だったが、大火で二度も焼失した。そのために、火事にも耐えられる大仏の再建を望む市民の強い願いから青銅の大仏が造られた。高岡は銅器と漆器が伝統産業であり、その高岡銅器の技を駆使して造ったのだ。

端正な顔立ちの大仏は包み込むような慈愛に満ちた眼差しを向けている。順治は子どものころから悲しいことや辛いことがあると、ここに来たものだった。

四十分ほど歩いて家に帰った。

朝食後、順治はのぞみに電話をした。

「もしもし」

「のぞみか。だいじょうぶか」

「だいじょうぶ」

「きょうこっちに来るんだな」

順治は確かめた。

「うん」

答えまで、一瞬の間があった。

「どうした？」

「えっ、なにが？」

「そのつもりだよ」

「間違いなく来るな」

「わかった。本間はいるのか」

「うん」

「じゃあ、代わってくれ」

しばらく間があってから、本間が出た。

「きょう来るな」

「もちろん行きますよ」

本間はあっさり言う。

「何時だ？」

「午後になって出かけるので、夕方かな」

「そんなに遅いのか」

「いろいろやることがあるのでね」

「いいか。約束を破ったら出るところに出る。いいな」

「親父さん、そんなにいきり立たずに」

嘲るように、本間は笑いながら言う。

思わず、麻薬取締官が張込んでいることを口にしようとして思い止まった。なんとしてでも、こっちに寄越さねばならない。

「親父さん。新高岡の駅まで車で迎えに来てくれませんかねえ」

「いいだろう」

順治は答える。

電話を切ったあと、順治は大きく溜め息をついた。

落ち着いてから、真名香に電話をした。

「奥村です」

順治は名乗り、

「お願いがあるのですが」

と、切り出した。

「はい」

「のぞみを本間と別れさせて、薬物依存症の治療に当たらせようと思っています。のぞみが逮捕されることも覚悟しています」

「そうですか」

「本間明は麻薬取締官にマークされています。おそらく、のぞみも麻取にやっかいになるのではないかと思います。どうか、のぞみに寄り添ってやっていただけませんか」

「もちろんです。この前、のぞみに電話をしたんです。三年ぶりでした。そしたら、のぞみ喜んでくれて。私にごめんねって。真名香の言うことを聞いておけばよかったって」

「のぞみが……」

「私もきっとのぞみを救います。私以外にも、のぞみのことを好きだったという友達もいます。いっしょにのぞみを支えていきます。ですから、お父さまも安心してください」

「ありがとう」

順治は何度も礼を言った。

夕方五時過ぎ、新高岡駅の改札の前で、順治は新幹線の到着を待っていた。

金沢行きの『はくたか』が着き、乗客が下りてきた。その中にサングラスをかけた長身の本間を見つけた。だが、のぞみの姿がなかった。

本間はひとりだった。順治は思わず拳を握りしめた。

改札を出て、本間は順治の前にやってきた。

「のぞみはどうした？」

順治は声を震わせた。

「出掛けに、急に親父さんに会いたくないって言い出したんですよ」

「いい加減なことを言うな」

「ほんとうですって。最初から嘘をつくつもりだったら、俺はここに来ませんよ」

「…………」

「じつは、親父さんにちゃんと話そうと思ってきたんですよ。それに、親父さんといっしょにあるところに行こうと思って」

「あるところ？」

「こんなところじゃ話せない」

脇をキャリーバッグを引いた女性が通りすぎた。

「車に」

順治は本間といっしょに駅構内を出て、駐車場に向かった。

車に乗り込む。助手席に座った本間にきいた。

「のぞみの具合はどうなんだ？」

「じつはのぞみは薬物依存症なんです」

「あんたが教えたのだ」

「俺に黙って使っていたんですよ」

「ほんとうですって。そのことを親父さんに知られたくないからのぞみは来なかったんですよ」

「嘘つくな」

「じつは、高岡に薬物依存症支援施設の『高岡ダルク』があるんです」

「…………」

「『高岡ダルク』？」

「ダルクって知ってます？　元歌手でお笑いタレントとして活躍していた芸能人がいたでしょう。覚醒剤取締法違反で何度か服役し、刑務所を出たあとダルクでスタッフとして働いていたってワイドショーでやっていたのを知りませんか」

「…………」

「これから、そこに相談しに行こうと思いましてね。だからいっしょに話を聞いてもらおうかと思って」

「高岡にそんな施設があったとは知らなかった」

「全国に施設は八十ぐらいあるそうですよ」

本間は笑った。

「『高岡ダルク』はどこにあるんだ？」

「氷見市との境です。桜峠トンネルのほうだそうですよ。そこで話を聞いて、親父さんもよければそこにのぞみをしばらく入所させようかと」

「あんたは薬の売人じゃないのか」

「違うよ」

「どこかの組と関わっているんだろう?」

「誤解だ」

本間は苦笑した。のぞみを薬づけにしたくせにと怒りが込み上げてきたが、まずのぞみを助け出すことが先決だと、自分に言い聞かせた。

「まあいい。ともかくそこに行ってみよう。もし、今の話が嘘だったら、おまえを許さないからな」

順治は強い口調になった。

「行けばわかりますよ」

本間は口元を歪めて笑った。

「よし」

順治は静かに車を発進させた。

3

その日の午後二時少し前。マンションから本間が出てきた。サングラスをかけ、ブルーのワイシャツに白のスラックスに白の靴。小さなバッグを小脇に抱えている。

本間は坂道を下った。篠田は車の中から行き過ぎる本間を見送った。本間が行きすぎてから木下がエンジンをかけた。Uターンしようとしたとき、坂を下ってタクシーの空車がやってきた。

本間はタクシーに乗り込んだ。そのタクシーのあとをつける。

タクシーは不忍通りを湯島のほうに向かった。だが、湯島には向かわず、そのまま不忍通りを中央通りのほうに曲がった。

「どうやら上野駅のようですね」

木下が中央通りに出て左折して言う。

やがて、タクシーはガード下で停まった。タクシーを下り、本間は上野駅の不忍口に向った。

篠田と海藤は車を下り、本間のあとをつける。ときおり、本間は振り返る。尾行を警戒するのが習性になっているのかもしれない。

本間は中央改札のほうに向かった。駅構内はひとが多く、見失いがちになった。

本間は新幹線の券売機の前に立った。篠田と海藤は改札を抜け、新幹線の改札のほうに先回りをした。

「来ました」

海藤が言う。

やがて、本間がやってきて、改札を通った。篠田と海藤は身分証を見せて中に入る。

本間は長いエスカレーターを下る。さらに、ホームへの階段を下りた。

ホームに下り立って、本間は携帯を取り出した。すぐ電話を切った。再び、本間は階段を上がった。

「トイレかもしれない」

篠田が呟く。

「私がつけます」

海藤が階段に向かった。

五分ほどして、北陸新幹線金沢行きの『はくたか』がホームに滑り込んできた。

携帯が鳴った。海藤からだ。

「本間がトイレのあと別の階段からホームに向かいました」

「わかった」

篠田はホームを移動した。階段の下に差しかかったとき、本間が『はくたか』に乗り込むのが見えた。

あっと思ったとき、ドアが閉まった。

海藤がやってきた。静かに発車した『はくたか』の窓から通路を歩いている本間の姿が見えた。

「出し抜かれた」

篠田は憤然とした。

「気づかれていたのでしょうか。ひょっとして、さっきの電話」

海藤が思いついたようにきいた。

「いや、タクシーを下りたときから、背後を気にしていた。常に尾行を警戒していたのかもしれない」

「行き先を知られたくなかったようですね」

「薬物の取引場所に行くのかもしれないが……」

旅行支度ではなかったからそれほど遠くに行ったとも思えない。

「仕方ない。引き上げよう」

篠田が無念そうに言った。

翌日、朝から根津のマンションを張った。夕方まで待ったが、本間は姿を現わさなかった。

昨夜は帰っていないのか。

篠田はいったん事務所に帰った。

金子殺しの捜査をしている桧山警部補との会話を思い出す。

「本間明のことがわかりました。本間は鳴海会傘下の高良《たから》組の組員南条恭二《なんじょうきょうじ》と中学時代の同級生でした」

桧山が事務所に訪ねてきて切りだした。

「高良組ですか」

そこが密売元かもしれない。

「南条が言うには、本間は組が手を出さない覚醒剤をどこかから仕入れ、金子を介して売りさばいていたのではないかということです」

「高良組は覚醒剤に手を出していないと言っているんですか」

「そう言ってます。本間が勝手にやっているのだと」

「そうですか」

「本間がどこから覚醒剤を仕入れているのか、南条はわからないと言っています」

「おそらく高良組が本間に流しているのでは」

「でも、その証拠はありません」

桧山は顔をしかめ、

「本間のほうはどうですか」

と、きいた。

「まだ、証拠がつかめません。本間は、覚醒剤はマンションの部屋には置いていないと思います。ですから、ガサ入れしても何も出てこないのではと」

「そうですか」

「ただ、本間といっしょにいる女性が覚醒剤をやっている可能性は高いです。ですが、その女性を捕まえることが出来ても本間は言い逃れが出来てしまいます。女が自分に隠れて使っていたと言うでしょう。ただ」

篠田は息を継いで続ける。

「女性を覚醒剤から引き離すために早く保護をしてやることも大事だと思っているのですが」

本間は金子が我々に目をつけられたときから、万が一に備えて証拠隠滅を図っているに違いない。女性に対しても自分だけで使っていたと言わしめるに違いない。女性を犠牲に自分は助かろうとすることは明らかだ。

「で、本間を殺人の疑いで取り調べは出来ないのですね」

篠田はきいた。

「本間と金子にトラブルは見つかっていません。本間が金子を殺す動機がないんです。あるのは覚醒剤絡みです。あなた方に目をつけられた金子の口封じが狙いでしょう。しかし、本間と覚醒剤の関係を示す証拠がないんです」

本間が覚醒剤を使っているという証拠があれば、そこから殺人のほうでも任意での取り調べが可能になると言っていた。

椅子の背もたれに体を預けて考えていると、海藤が声をかけてきた。

「女性だけでも確保したほうがいいんじゃありませんか。あのお父さんのこともあります」

「しかし、父親の話だと、娘は本間に夢中らしい。女が本間を庇うことも十分に考えられる」

「でも、本間と切り離すことが重要ではありませんか」

海藤は強く勧めた。

「私も海藤の言うことに賛成です」

木下が口をはさんだ。

「わかった。ガサ入れをする証拠はないが、女が出てきたら声をかけてみよう」

篠田は腹を決めた。


翌日、いつもの場所に車を停め、マンションを見張った。女は奥村のぞみというが、顔を知らない。だが、篠田は顔つきから長年覚醒剤を使っているかどうかわかる自信があった。

マンションから女性が出てくるたびに、篠田は双眼鏡を目に当てた。朝から何人か若い女性が出てきたが、怪しい印象はなかった。


昼前に、スレンダーな若い女性が出てきた。サングラスをかけ、暑い日なのに長袖を着ている。双眼鏡に見える顔は特に頰が削げ落ちているわけではない。顔の艶も悪くない。落ち着いた態度で、堂々としている。しかし、覚醒剤を使っているという勘が働いた。奥村のぞみだ。

「行こう」

篠田は車から下りた。

道路を横断し、坂道を下ってくる女の前に廻り込んだ。

「ちょっとよろしいですか」

篠田が声をかける。

「はい」

悪びれた様子はない。薬をやったばかりではないか。

「失礼ですが、お名前を教えてもらっていいですか」

「奥村のぞみです」

「ありがとうございます」

海藤は礼をいい、

「すみません。持ち物を見させてもらっていいですか」

と、頼んだ。

「なぜ、ですか」

のぞみは顔色を変えた。

「あなたは本間明といっしょに住んでいるのですね」

「………」

「じつは本間明にある疑いがかかっているのです」

「なんのことかわかりません」

「奥村さん」

篠田が口をはさんだ。

「先日、お父さんとお会いしました」

「どうして父と……」

のぞみは急にうろたえた。

「あなたのことを心配していました」

「………」

篠田は娘を心配して憔悴《しょうすい》した奥村順治の顔を思いだした。

「そのバッグの中を」

もう一度、海藤は口にした。

黙って頷き、のぞみはバッグを差し出した。白い手袋をした海藤は中を調べた。そして、パケと注射器を取り出した。

「これは覚醒剤ですね」

海藤が鋭く言う。

のぞみは黙って頷いた。

「覚醒剤所持で逮捕します」

海藤は容赦なく言った。

「はい」

のぞみは素直に頷いた。

九段下の麻薬取締部の取調室で、篠田と海藤はのぞみと向かい合った。

取り調べは海藤に任せた。

「改めてお名前をお聞かせください」

「奥村のぞみです」

「年齢は?」

「二十七歳です」

「あなたの尿から覚醒剤が検出されました」

「はい」

「いつからはじめたのですか」

「大学四年のときです。一時やめていたのですが、二十三歳のときに母が亡くなり、その寂しさから逃れるために」

「覚醒剤はどうやって入手したのです?」

「本間が持ってきてくれました」

「本間明ですね。あなたとはどういう関係ですか」

「いっしょに暮らしています」

「本間明は何をしているのですか」

「輸入雑貨を卸す会社の社長です」

「その会社の実態をご存じですか」

「いえ、知りません」

「本間は覚醒剤の売人ではありませんか」

「……………」

「どうなんです？」

「違います」

「南条恭二という男を知ってますか」

篠田は口をはさんだ。

「何度かマンションに訪ねてきたことがあります」

「どういう関係だと言ってましたか」

「中学時代の友人だと」

「何をしているか知ってますか」

「いえ」

「暴力団鳴海会傘下の高良組の組員です」

「えっ……」

「おそらく、本間は南条の組から覚醒剤を分けてもらっていたのでしょう」

篠田から海藤に代わる。

「あなたの部屋に覚醒剤はありますか」

「私が使う分だけです」

「本間は覚醒剤を部屋に保管していないのですか」

篠田がまた口を出した。

「ええ、置いていません。薬が欲しくて部屋の中を探しましたけど、見つかりませんでした」

やはり、不用意にガサ入れをしても本間を捕まえることは出来なかった。

「あなたは今、どんな気持ちですか」

「捕まってよかったと思っています」

「覚醒剤と縁を切りますか」

「はい。覚醒剤をやるようになってから親しい友達と疎遠になり、父も裏切り、私はどんどんだめになっていくのがわかっていました。それでも覚醒剤が欲しくなって……」

「本間明と別れようとしなかったのですか」

「本間だけが私の味方でした。それに、薬をくれるし」

のぞみは気だるそうに言う。

「今でもそう思っているのですか」

「……………」

「五月二十二日の夜、あなたは清澄白河に行きませんでしたか」

篠田はきいた。

「清澄白河ですか」

のぞみの目が泳いだ。

「どうですか」

「はい」

のぞみは俯いた。

「本間明もいっしょですね」

「……ええ」

「清澄白河に何をしに行ったのですか」

「それは……」

「その夜、平野のアパートで金子達也という男が殺されてました」

のぞみが目を見開いた。

「金子も覚醒剤の売人です。本間明とも付き合いがありました」

「明さんが殺したと言うのですか」

のぞみはきっとなって、

「明さんはそんなことしていません」

と、激しく訴えた。

「金子を殺した犯人は、夜十時ごろに起こった火事騒ぎに紛れて部屋から逃亡したのです。火事騒ぎは何者かが一一九番通報したのです。いたずら電話だったそうですが、電話の主は女だったそうです。犯人の共犯者の疑いが強い……」

「………」

のぞみの唇が震えた。

「消防署に電話をしたのはあなたではありませんか」

のぞみは首を垂れた。

「そうなんですね」

「知りません」

「あなたは本間から十時近くなったら平野で火災が発生していると一一九番通報しろと頼まれたのではありませんか」

「………」

「そうなんですね」

「……はい」

のぞみはやっと認めたが、

「でも、人殺しとは関係ありません。明さんはひとなど殺していません」

「では、なんのためにあなたにそんな真似をさせたのですか」

「わかりません」

「一一九番通報を頼まれたとき、理由をきかなかったのですか」

「ききません。ただ、電話をしたら薬を渡すからと」

「ところで、一昨日本間は北陸新幹線でどこかへ出かけました。どこに行ったのですか」

「高岡です」

「高岡？」

「私の父に会うためです」

「高岡にあなたの実家が？」

「そうです。父と会うと言って、出かけて行きました」

「何のために？」

「私とのことで」

「いつ帰ってくるのですか」

「昨日のうちに帰ってくることになっていましたけど」

「まだ、帰っていないのですね」

「今時分、帰っているかもしれません」

「電話をしてみたのですか」

「本間にも父にも電話をしました。ふたりとも繋がりませんでしたが、夜遅くに父からメールがありました」

「なんて？」

「事情があって、しばらく遠くに行くからと」

「本間明のことは？」

「いえ、なにも。今日になっても本間は携帯に出ないんです」

不安そうな顔をし、

「それで心配になって実家に行ってみようとしたんです」

「そこに我々が声をかけたというわけですか」

「はい」

「本間の携帯番号を覚えていますか」

「はい」

篠田は携帯を取り出し、のぞみが言う番号にかけた。しかし、呼出し音がなるが、電話には出なかった。

奥村順治の携帯にもかけたが、同じだった。

「実家はどこですか」

携帯を仕舞い、篠田はきいた。

「高岡市の大手町です」

詳しい住所を聞き、あとを海藤に任せ、篠田は取調室を出た。

すぐに桧山警部補に電話をした。

「麻取の篠田です。本間明といっしょに住んでいた奥村のぞみを覚醒剤所持の疑いで逮捕しました。その取り調べで、本間に頼まれて一一九番通報したことを認めました」

「そうですか。その証言があれば本間を任意で引っ張れます」

「ところが、昨日から本間と連絡がとれないんです。本間と会っていると思われる奥村順治とも連絡がとれません」

「わかりました。ともかく富山県警に調査を依頼してみます」

「何かわかりしだい連絡をください。今夜、いくら遅くともかまいません」

篠田は言った。


その夜、誰も迎えてくれない荒川区小台のアパートに九時過ぎに帰った。なにもない1Kの殺風景な部屋だ。ただ寝に帰るだけの部屋である。途中コンビニで買った缶ビールと弁当をテーブルに置き、まずシャワーを浴びた。

椅子に座り、缶ビールを呑む。

別れた妻が再婚した相手はそこそこ裕福らしい。娘を大学までやってくれると言っていた。寂しいけれど安心だった。

ひとりぼっちだが、孤独は感じていない。この世から覚醒剤を失くす。覚醒剤で身を滅ぼす人間をひとりもいなくする。それが自分の生きがいであった。その役目を負って、自分は生まれてきたのだと思っている。

やりがいのある仕事に就いた自分には家庭の仕合わせなど必要ない。おとなになった娘と酒を酌み交わす。昔はそんなことを夢見たこともあったが、とうに諦めている。

ビールを呑み終えてから弁当を開く。鮭弁だ。

食べはじめたとき、携帯が鳴った。桧山警部補からだった。

「はい、篠田です」

「桧山です。高岡署の警部から電話がありました。一昨日、本間が乗った『はくたか』が新高岡に着いた五時過ぎ、駅の防犯カメラに本間と思われる男が映っていました。それから、改札前で本間らしい男と奥村順治らしい男が会っているのを駅員が覚えていたそうです」

「ふたりは会ったのですね」

「ええ。あと、駐車場でふたりの姿が目撃されており、奥村順治は車で駅まで迎えに行ったということのようです。ですが、その後の行方はわかりません」

桧山が間を置いて続けた。

「大手町にある奥村順治の家に夜の九時現在、家人が帰宅した形跡はないそうです。自家用車もありません。近所のひとの話では、一昨日の四時半ごろ、車で出かけたきりだそうです」

不安が押し寄せた。奥村順治の思い詰めた顔が蘇る。

「明日、令状をとり、奥村の家に入ってみるとのことです。私も行ってみます。また、連絡します」

「私も行きます」

篠田は思わず口にした。

本間が覚醒剤の密売組織解明の突破口になる人間だからというだけでなく、のぞみの父親奥村順治のことも気がかりだった。

離婚し、娘からも縁を切られた篠田だが、奥村順治の娘を思う気持ちは痛いほどわかるのだ。

4

翌日、麻薬取締部の事務所に出て、その日の根津のマンションのガサ入れは木下や海藤たちに任せ、篠田は高岡に向かって出かけた。

一足先に桧山警部補は出発している。奥村順治の家で待ち合わせた。

金沢行き『はくたか』の車両中央付近の窓際の席に座った。篠田は奥村順治に対してある懸念を抱いている。

それが、娘ののぞみが覚醒剤と手を切るのに本間の存在が障碍《しょうがい》になるということだ。

このことを、順治はよくわかっている。

新高岡で城端線に乗り換え高岡に着いた。篠田は高岡大仏を目指した。奥村順治の家は高岡大仏から古城公園に抜ける道にあるという。

やがて、高岡大仏の前に出た。大きな青銅の大仏だ。

篠田は立ち止まり、大仏を見つめた。ふと引きつけられるように参道に足を踏み入れかけたが、はっとして思い止まった。

急いで古城公園のほうに向かう。しばらく行くうちに警察車両が駐車している家の前にやってきた。

篠田は門の前にいる制服警官に、警視庁の桧山警部補の名を告げた。制服警官は家の中に行き、桧山を呼んできた。もうひとりがっしりした体の男がいっしょにやってきた。

「ごくろうさまです」

桧山は篠田に声をかけ、

「麻薬取締官の篠田さんです。こちらは高岡署の谷口《たにぐち》警部補です」

と、それぞれ紹介した。

お互いに名乗りあってから、

「なにかわかりましたか」

と、篠田はきいた。

「いえ、まだなにもわかりません」

桧山が答える。

「家の中の様子はどうですか」

篠田はきいた。

「きれいに片づけられています」

「片づけて？」

篠田は眉根を寄せた。

「ええ。さあ、どうぞ」

桧山は篠田を玄関に招じた。

「ひととおり、桧山さんから事情をお聞きしました。娘ののぞみは覚醒剤所持で逮捕されているのですね」

家の中に入り、谷口がきく。四十前後の鋭い目つきの男だった。

「ええ、本間が教えたようです」

篠田は吐き捨てるように言う。

ふたりのあとに従い、篠田は居間に入った。茶簞笥の上の写真立てに十二歳ぐらいの女の子が写っている写真があった。のぞみだろう。背後に、豪華な山車が写っている。

それから母親らしい女性と写っている写真もあった。のぞみが高校生ぐらいか。真ん中に犬がいた。柴犬のようだ。

「まるでしばらく留守にするかのように、部屋の中を片づけています」

谷口が言った。

「篠田さんはどんな印象を持ちましたか」

桧山がきく。

「奥村順治は娘が覚醒剤をやっていることに気づいていました。本間がいる限り、娘は覚醒剤と手が切れないと……」

「では」

桧山は顔をしかめた。

桧山も自分と同じ危惧を抱いているようだった。

篠田は隣の部屋を覗いた。ベッドがあった。順治の寝室のようだ。

枕元に、『薬物依存症』という本があった。篠田も読んだことのある本だ。手にとって開いてみた。

赤線が引いてある箇所があった。

薬物依存症患者は、長く薬物をやめていても、かつて薬物をよく使用していた場所を訪れたり、薬物を一緒に使用していた仲間と街で偶然出会ったり、覚せい剤の粉末を溶かすために携行していた五〇〇ミリリットルのミネラルウォーターのペットボトルをたまたま目にしたりしただけで、薬物の欲求が蘇ることがあります。

奥村順治は本間明がいる限り、娘は薬物依存症から永遠に抜け出せないと思っていることを窺わせた。

桧山と谷口にその文章を見せ、

「奥村順治は本間の存在が元凶だと信じていたようです」

と、やりきれないように言う。

「つまり、奥村順治は本間を殺し、どこかで自殺を……」

桧山が厳しい顔で言う。

「本間を殺した可能性はあります。しかし、自殺するとは思えません」

「なぜですか」

谷口がきく。

「奥村順治は娘の回復を願っているのです。本間を殺したら即解決というわけではありません。これから何年か、娘は薬物依存症との闘いが続くのです。そのことを見届けずに自ら死を選ぶとは思えません」

「しかし、本間も奥村順治も連絡がとれない状態なのです。ふたりに何かあったとしか……」

「奥村は逃亡したのかもしれません」

「本間を殺したあと自首するという選択肢もあったはずですが」

「刑務所にいたのでは娘に会えないと考えたのかも」

篠田は呟くように言ったあとで、

「奥村順治の車はまだ発見されていないのですね」

と、谷口に顔を向けた。

「見つかっていません」

「ただ」

篠田は思いついたように、

「逆のケースも考えられます。本間が奥村順治を殺して逃亡しているということもあるかもしれません」

と、口にした。

「そうですな」

「いずれにしろ、まだ決めつけるには材料不足です」

篠田が言ったとき、若い警察官が谷口に近づき、

「奥村順治の会社のひとがやってきました」

と、告げた。

「ここに通して」

谷口が命じた。

若い警察官が去ってから、

「会社に連絡したら、上司が来てくれることに」

と、谷口が説明した。

やがて、部屋の前に六十過ぎと思われる白髪の目立つ男が現われた。

「ごくろうさまです」

谷口が声をかける。

「専務の嶋です」

「高岡署の谷口です。こちらは警視庁の……」

桧山が挨拶をして、

「電話でお話ししたように、奥村さんは五月三十日から家に帰っていません。連絡もつかないのです」

「なにがあったのでしょうか」

「五月三十日、東京からやってきた本間明という男と落ち合い、車に乗ったことまではわかっていますが、その後、ふたりとも消息を絶っています」

「本間……」

「ご存じですか」

「はい。娘さんと付き合っている男だそうですね。彼は早く本間と別れさせないと、娘ののぞみちゃんが薬物依存症になってしまう。のぞみちゃんを本間から引き離すためにも、しばらく東京で過ごしたいと、退職願いを持ってきたのです」

「退職？」

「はい。ですが、いつでも復帰出来るように休職扱いにしてあります」

「本間と別れさせるというのは具体的になにをするか言ってましたか」

篠田は口をはさんだ。

「いえ、そこまでは聞いていません。ただ、ずいぶん思い詰めた表情だったので気になっていました」

嶋は深刻そうに答えた。

「奥村順治さんが立ち寄りそうな場所をご存じですか」

「いえ。知り合いはたくさんいるようですが、身を寄せるとは考えられません。しいていえば、亡くなった奥さまの実家でしょうが、同じ高岡市内ですからわざわざ……」

その他、いろいろ話を聞いたが、特に手掛かりになりそうなことはなかった。

嶋専務が引き上げたあと、谷口の携帯が鳴った。

「失礼します」

携帯を取り出し、谷口は電話に出た。

「なに、どこだ？」

谷口が問い返す。

「新高岡駅だな。わかった」

谷口は電話を切り、

「奥村順治の車が見つかりました。新高岡駅の近くにある駐車場にシートをかけて置いてあったそうです」

「新高岡駅ですか」

桧山が眉根を寄せた。

「新幹線でどこかに移動したようですね。奥村順治か本間が防犯カメラに映っているかもしれませんね」

「どうしますか。私はこれから車の発見場所に行ってみますが」

谷口がきいた。

「ここには何の手掛かりもありません。ごいっしょします」

桧山が言う。

「篠田さんは？」

「私はこの周辺を少し歩いてから東京に戻ります」

桧山は怪訝《けげん》そうな顔をしたが、

「では、また何かわかりましたら電話を差し上げます」

と、言った。

奥村順治の家を出て、谷口と桧山と別れ、篠田は古城公園に向かった。

公園の人気のないところで、携帯を取り出し、海藤に電話をした。

「どうだ、そっちは？」

「奥村のぞみは素直に取り調べに応じています。ただ、その間も本間明のことを心配していました」

「そうか」

「それから、奥村のぞみの携帯に父親からメールが入っていました」

「なんて？」

「しばらくこっちの携帯は使えないからと」

「それだけか」

「そうです」

「本間からは？」

「ありません。そちらはいかがですか」

「奥村順治の家に行ってみたが、きれいに片づけられていた。戻ってこない覚悟があったようだ」

「戻ってこない？」

「うむ。まだ迂闊《うかつ》なことは言えないが、本間と奥村順治の間で何かあったのは間違いない。新高岡駅の近くの駐車場で、奥村順治の車が見つかった。高岡警察署の調べで何かわかるかもしれない」

篠田はこれから帰ると言い、電話を切った。

翌日、取調室で篠田は海藤と並んで奥村のぞみと向かい合った。

「昨日、高岡のあなたの家まで行ってきました」

篠田は切りだした。

「父は？」

「不在でした。家の中は綺麗に整頓されていました。それから、車が新高岡駅の駐車場に放置してありました」

「………」

「しばらく帰ってこないつもりなのではないかと思いました」

「本間明さんは？」

のぞみは心配そうにきいた。

「本間明もまだわかりません」

「どうしたんでしょうか」

のぞみは不安そうに呟く。

「あなたは本間明のことを今でも思っているのですか」

「………」

「どうなんですか」

「わかりません」

「本間はあなたを薬づけにして縛っておこうとしたのです。そのために、あなたは覚醒剤の虜になってしまったのです」

「はい」

「本気で覚醒剤と手を切る気なら、本間と別れなければなりません」

「………」

「お父さんは会社を辞めて、本間からあなたを助け出すために闘おうとしたそうです。あなたはどうなんですか」

「父の気持ちはよくわかります」

のぞみは消え入りそうな声で言う。

「未練があるのですね」

返事はなかった。

海藤に目顔で言う。海藤は頷き、

「また、私からお訊ねします。あなたがはじめて覚醒剤に手を染めたのが大学四年のときですね」

と、質問をはじめた。

「そうです」

「六本木のクラブで本間から声をかけられ、個室のVIPルームに行った。そこに本間の連れがいましたね。誰ですか」

「………………」

「そのひとも覚醒剤を使っていたのですね」

「はい」

「だったら、早くやめさせないと。そうは思いませんか」

「はい」

「そのひとと本間明は今も付き合っているのですか」

「わかりません。本間からそのひとの名前を聞いたことはありません」

「本間はあなたのためにどのくらいの頻度で薬を調達してきたのですか」

「三日ごとに小さな袋に入った粉を」

「それを少量ずつ水に溶かして注射器で？」

「はい」

「ご自分の腕を見ましたか。そのうち、打つところがなくなりますよ」

「はい」

のぞみは自分の腕をさすった。

「ほんとうに覚醒剤をやめる覚悟がありますか」

海藤はもう一度きいた。

「やめたいです。もう、あんな苦しい思いをしたくありません」

「薬の効き目が切れたときの状態を言っているのですね」

「はい」

のぞみは頷いて、

「激しい脱力感、もう耐えられないくらいに落ち込むんです。いけないと思っていても薬を欲しているんです。それで、薬を打つとすっきりしました。気分は高揚して……。でも、薬の効き目が切れれば同じ苦しみが襲ってくる。また薬が欲しくなる。そんな暮しはもういやです。ですから、捕まって正直ほっとしています」

「確かに、これで留置場暮しです。いくら欲しても薬物は手に入りません。薬物への欲求と闘わなければなりませんが、薬を体から抜くことは出来るでしょう。でも、薬物の恐ろしさは体から薬が抜けたあとにやってきます。完全に薬物を断ち切ったと思っていたとき、何かの拍子で、薬物への欲求が蘇るのです」

「……………」

「ほんとうに覚醒剤と縁を切りたいと思っているのなら本間明とはもう会わないことです」

のぞみはうらめしそうな目をした。

篠田は横から表情を窺いながら、のぞみは本気で覚醒剤をやめたいと思っているようだが、本間と別れる気はないのかもしれないと感じた。

ふと、のぞみを本間と別れさせるという奥村順治の覚悟が蘇った。


翌朝、会議室にメンバー六名が集まった。

「本間明が覚醒剤密売組織の仲間で、売人の金子に覚醒剤を流していたことは間違いない。本間は組員ではないが、鳴海会傘下の高良組の組員南条恭二と中学時代の同級生で親しい。高良組が密売をしているに違いない」

篠田は説明をし、

「そこで、これからのターゲットを高良組に絞り、特に南条恭二を張込み、どんな人間と付き合っているのか探るのだ」

篠田は木下と浅村の顔を交互に見て、

「ふたりは南条恭二をマークして」

「わかりました」

木下と浅村は同時に答える。

「橋田さんは与野といっしょに高良組の動きを探っていただけますか」

「わかった」

ベテランの橋田が答える。

「私と海藤は引き続き、奥村のぞみを取り調べ、六本木のクラブのＶＩＰルームで本間明といっしょにいた男のことを聞き出す。この男はいまだに覚醒剤をやっているはずであり、本間明から薬を手に入れていたに違いない」

篠田はそう言ったあとで、

「何か、提案なり意見があれば」

と、一同の顔を順番に見る。

「なければ、これで」

篠田は立ち上がった。

自分の机に戻ってしばらくして、桧山警部補から電話があった。

「ごくろうさまです。昨夜、お帰りに？」

篠田はきいた。

「はい。最終で帰ってきました。昨日、奥村順治の車を調べたところ、助手席の足元に本間明の財布が落ちていました」

「中身は？」

「十万近く入ってました。それにクレジットカード」

「そうですか」

篠田は胸が締めつけられた。

「財布無しで、本間はどこにも行けませんね」

「ええ。ますます、本間の身が案じられます。そこで、電話会社に本間の携帯の位置情報をとってもらいました」

「わかりましたか」

「高岡市と氷見市の境にある桜峠トンネル近くにいたのが最後のようです」

「そこになにか手がかりが……」

篠田は息を呑んだ。

携帯を落としたか、あるいは……。

「今日、高岡署の谷口さんが桜峠トンネル付近の捜索をしてくれることになっています」

「奥村順治の手がかりは？」

「新高岡駅構内の防犯カメラを調べたが奥村の姿を確認出来なかったそうです。ただ、奥村の携帯が上野の不忍池近くにあるようです。移動していないとのことなので、携帯を捨てた可能性があります」

やはり、悪い想像が現実のものになろうとしていた。

5

奥村順治と本間明が消息を絶って六日、ついにその知らせがもたらされた。

「桜峠トンネル近くの山中で本間明と思われる死体が見つかったそうです」

篠田は桧山警部補の声を足元が崩れるような思いで聞いた。

「土をかぶせられていましたが、前日の雨で削られ、足が露出していたとのこと。死因は後頭部を鈍器で殴打されたことにより……」

携帯は山中にバラバラに壊されて捨てられていた。照会の写真から死体は本間に間違いないと思われた。

「奥村順治は都内にいると思われますが、どこかで自殺をしているか、これから、自殺を図るか。いずれにしても、我々は奥村順治の発見に努めます」

篠田は電話を切ったあと、茫然とした。

「どうかなさったのですか」

海藤が声をかけた。

「本間明らしき男の死体が見つかったそうだ」

「えっ」

「高岡市と氷見市の境にある桜峠トンネル近くの山中だそうだ」

「まさか奥村順治が……」

海藤はやりきれないように言う。

「うむ」

「奥村順治はこのまま逃亡を続けるつもりでしょうか」

「いや。彼にとって重要なのは娘ののぞみのことだ。のぞみに立ち直りの兆候が出てきたら、自首してくると期待しているが」

自首ではなく自殺を選ぶ可能性もあることに、胸が張り裂けそうになった。

「奥村のぞみに本間のことは告げるべきでしょうね」

海藤が確かめる。のぞみは午前中は検事の取り調べで東京地検に呼ばれている。

「いつかは知ることになるからな」

避けては通れないと、篠田は思った。

本間の死を告げるとなれば、当然奥村順治のことも話さねばならなくなる。のぞみにとっては大事なふたりの人間をいっぺんに失うことになる。

のぞみの反応を思うと心が挫《くじ》けそうになるが、ちゃんと対応しなければならないと自分に言い聞かせた。

昼前に、再び桧山から電話があった。

「死体はやはり本間でした。それと、凶器が判明しました。血痕がついたスパナが死体の近くに落ちていたそうです。奥村順治の車の工具からスパナがなくなっていたとのこと」

桧山はさらに続けた。

「それから、上野の交番に携帯を拾ったという届け出がありました。奥村順治の携帯でした」

「わかりました」

篠田は礼を言って電話を切った。

奥村順治は根津のマンションにやって来たのに違いない。だが、すでにのぞみは我々に保護されたあとだった。

奥村順治の今後の動きは一つしかない。のぞみの居場所を探し、のぞみに会おうとするはずだ。

奥村には名刺を渡してある。電話をかけてきてくれることを祈った。

午後になって、のぞみが麻薬取締部に連れてこられた。

取調室で、のぞみと向かい合った。疲れたような顔をしている。

「奥村さん。落ち着いて聞いてください」

海藤が口を開くと、のぞみは何かを察したように硬い表情になった。

「本日、高岡市と氷見市の境にある桜峠トンネル近くの山中で、本間明さんの死体が発見されました」

「…………」

のぞみの表情は変わらない。聞いていなかったのかと思うほどだ。かえって、海藤のほうが戸惑っていた。

「明さんが本当に死んだのですか」

やがて、のぞみがぽつりと言った。

「はい」

「…………」

のぞみは俯き、再び押し黙った。

篠田はのぞみの様子を訝った。

のぞみは顔を上げた。

「嘘ですよね」

「残念ながら、ほんとうです」

「殺されたのですか」

のぞみは落ち着いていた。

「高岡に行った日に殺害されたようです」

「…………」

またものぞみは俯いた。

篠田が声をかけようとしたとき、のぞみの肩が上下に揺れた。

いきなり、のぞみが嗚咽を漏らした。やがて、のぞみは机に突っ伏して泣きだした。

しゃくりあげるように泣いていた。

篠田と海藤は顔を見合せ、のぞみを泣くに任せた。

三十分以上は続いたかのようだが、実際は二、三分だったかもしれない。

やがて、のぞみは静かになっていった。

やっと、顔を上げた。

「父が……。父が殺したのですね」

のぞみは顔つきが変わっていた。

「まだ、捜査中です」

篠田は言う。

「父は明さんを毛嫌いしていたんです。だからって、私から大事なひとを奪うなんて」

「お父さんはあなたが本間といっしょにいる限り、覚醒剤と縁が切れない。そう思って、別れさせようとしていたんです」

「父の勝手な思いです」

「本間といっしょに暮らしていて、ほんとうに覚醒剤をやめられると思っていましたか。そうならとっくにやめてますよね」

篠田は強い口調になった。

「お父さんはあなたのために自分を犠牲にしていたんです」

「それがよけいなお世話です」

「いい加減に目を覚ませ」

思わず、篠田が大声を張り上げた。

海藤が驚いたように顔を向けた。

「お父さんをそうまで追い込んだのはあんたなんだ。自分勝手なことばかり言い張って。あんただって本間がどんな男か気づいていたはずだ。本間はあんたを覚醒剤でがんじがらめに縛っていたんだ」

「………」

「いいか。本間明は密売組織の人間なんだ。売人の金子に卸していた。その金子が麻取に目をつけられたので、口封じに殺した。あんたに手伝わせてな。そんな男が娘といっしょに暮らしている。父親として黙って見過ごせるわけがない」

篠田はつい興奮した。まるで、目の前ののぞみが自分の娘のような感覚になっていた。

のぞみはいやいやをするように首を横に振った。

のぞみは汗をかいていた。

「休憩しよう」

篠田は言った。

海藤はのぞみを保護室に連れて行った。

自分の机に戻っていると、海藤がやってきた。

「どうだ?」

「少し落ち着いてきました」

「取り調べに応じられそうか」

「さあ、どうでしょうか。だいぶショックを受けているようですから」

「そうか。では、きょうは取りやめよう」

「はい」

「留置場の係員に、事情を話し、注意をしてもらってくれ。死のうとするかもしれない」

「わかりました」

海藤は保護室に向かった。

篠田は奥村順治からの電話を待ったが、いっこうにかかってこなかった。携帯を捨てたのは居場所を特定されないためだろう。だが、プリペイド携帯は簡単に手に入る。そうでなくても公衆電話からでもかけてきて、のぞみの様子を知ろうとするのではないか。

その夜、小台のアパートに九時過ぎに帰った。すぐ部屋に入ると、むっとするような熱気が襲いかかった。すぐ動く気にならなかった。に、窓を開ける。だが、入ってくるのはなま暖かい風だ。

寝室に行き、ベッドの端に腰を下ろした。疲れているのか、すぐ動く気にならなかった。しばらくそのまま座っていたが、ようやく立ち上がった。

シャワーを浴びてから、テーブルの椅子に座って缶ビールを開けた。

携帯が鳴った。手を伸ばした。画面を見ると、少年野球チームの先輩だった島内雅也からだった。

「はい、篠田です」

「島内だ。久しぶり」

「ご無沙汰しています」

「何度も電話をしようと思いつつ、忙しいだろうからと遠慮していたんだが、久しぶりに君の声がききたくなってね」

「私もいつも電話をしようと思いつつ、忙しさにかまけて」

「薬物をやっている人間はあとを絶たないからな」

島内の声に力がないようだ。

「島内さん、何かあったんですか」

「どうして?」

「なんとなく、そんな感じが……」

島内は覚醒剤取締法違反で二度捕まっている。一度目は執行猶予がついたが、二度目は実刑になり、一年半服役した。

その後も薬物依存症の離脱症状に悩まされながら薬物依存を克服し、現在その経験を生かして、薬物依存症からの回復を支援する施設で働いている。これまで多くのひとを回復させてきたが、成功ばかりではないようだ。

「うむ。じつはうちを退所した男がまた覚醒剤所持で警察に捕まったんだ。もうすっかり薬物と縁が切れたと思い、喜んで見送った男だったが……」

「退所したのはいつなんですか」

「今年の二月だ。僅か四か月足らずで、覚醒剤に手を染めてしまったのだ。警察の取り調べによると、昔の売人が近寄ってきたらしい」

「そうですか」

「こういうことがあると、ダルクでちゃんと更生する支援を行っているのかという批判が出てくる」

島内は悔しそうに言った。

「でも、ちゃんと回復しているひともいるのですから自信持ってやってください」

「そうだな。いや、すまなかった。君と話すと、元気が出る」

電話を切ったあと、篠田は溜め息をついた。

島内をなぐさめたものの、奥村のぞみのことがあるので篠田にはショックな話だった。薬物依存症からの回復がいかにたいへんなことかはわかっている。それだけに、ダルクに期待をしていた。そのダルクの支援で回復したと思われた人間の再犯は篠田を暗い気持ちにさせた。

入所中は覚醒剤を断ち切れても、一歩外に出ればいろいろな誘惑が襲ってくる。本人の意志が固ければいくら売人が近づいてきても断固拒否出来るはずだ。だが、実際は意志に関わりなく、意識が薬物を欲してしまうのだ。

ここが薬物依存症の怖いところだ。

娘が自分の娘と同じ名前であるせいか、奥村順治の気持ちが痛いほどわかる。なんとしてでものぞみを助けたい。

自分の娘ののぞみとは彼女が十二歳のときに別れたきりである。我が娘に対する思いが奥村のぞみに向かっている。いや、奥村順治の娘を思う気持ちが乗り移ったように、篠田は奥村のぞみを助けたいと思った。

奥村順治は娘を助けるために本間明を殺したのだ。のぞみの本間明に対する愛情が深いことを知り、本間を抹殺しなければならないと思ったのだろう。

今、奥村順治は逃亡生活を送りながら、のぞみを見守っているのだ。のぞみが立ち直るのを待って自首するか、それとも自ら命を断つか。

篠田はやりきれない気持ちを持て余していた。

翌日、奥村のぞみの取り調べをはじめた。

「少しは落ち着きましたか」

海藤が穏やかにきいた。

「なんでこんなことになってしまったのか……」

のぞみは虚ろな目で言う。

「私はどうしてこんなひどい仕打ちを受けなければならないんでしょうか。二十三歳で母を失い、今度は大事な男性を失った。その命を奪ったのが父だなんて」

のぞみは自嘲ぎみに言う。

「まだあなたのお父さんが犯人とは決まっていません。それに、お母さまのことは天命だったのでしょう。でも、それ以外のことはあなた自身が招いたことではありませんか」

海藤が厳しく言い、

「すべての元凶は本間明です。ですが、そんな本間明を受け入れたあなたにも問題はあったのです」

「…………」

「六本木のクラブで声をかけられ、のこのこ個室のVIPルームについて行き、あまつさえそこで覚醒剤を吸引した。あなたのそんな軽薄な行動が不幸を招いたのです」

「私は本間明を好きになったんです。好きなひとから言われれば、薬だってなんだってやります」

「あなたは本間明がほんとうはどんな人間か気づいていたのではありませんか。輸入雑貨の卸をしているというのも嘘だとわかっていたのでは？」

「…………」

のぞみは唇を嚙んだ。

「お父さまは本間明の本性を見抜き、別れさせようとしたのです。みんなあなたのことを思って」

「本間明は私が愛したひとです。いくら気に入らないからといって、殺すなんて」

「違う」

篠田は口をはさんだ。

「お父さんはあなたを覚醒剤の汚染から守ろうとしたんです。あなたが本間明に夢中でいる限り、覚醒剤から手が切れないと危機感を持ったのです」

「…………」

「それより、あなたは冷静に考えてみたらどうですか。ほんとうに本間明を愛していたのですか。ほんとうは覚醒剤を持ってきてくれる本間が好きだったのではないですか。ありていに言えば、覚醒剤を使ってのセックスにあなたは溺れたのではないですか」

「ひどい」

のぞみは篠田を睨みつけた。

「本間明とのセックスに覚醒剤を使っていなかったのですか」

海藤が穏やかにきく。

のぞみは俯いた。

「使っていたのですね」

「でも、それは……」

のぞみは反発しかけたが、あとの言葉は続かなかった。

「もし、本間が覚醒剤と縁のない人間だったら、お父さんは本間明を許したと思いますよ。たとえ、気に入らない男でもね」

篠田は口をはさみ、

「ですが覚醒剤をやっているとなれば別です。このまま覚醒剤を続ければ廃人になる。そんな危機感を持ったお父さんは自分の命に代えてもあなたを助けなければならないと決意をしたのです」

さらに、篠田は続ける。

「先日、あなたの実家に行ったとき、写真立てにあなたの子どものころの写真がありました。高岡御車山祭の御車山という山車の前で撮ったのだそうですね」

のぞみは俯いたままだ。

「高岡御車山祭は写真でしか見たことがありませんが、七基の壮麗な山車が町内を巡行するんですね。さぞかし、豪華で絢爛なお祭なのでしょうね」

地元の神社の祭りで、自分の娘と神輿《みこし》の前で撮った写真があることを、ふと思い出した。あのとき、娘ははしゃいでいた。目の前ののぞみと娘が重なった。

篠田はさらに続ける。

「あなたの実家を出て、私はあの周辺を歩いてみました。高岡大仏、明治時代の土蔵造りの商家が続くレトロな町並み、あちこちに鋳物の工房があって……」

篠田は高岡の町を思い浮かべながら、

「あなたがこういう町で生まれ、育ったのだと思って歩きました。町を歩いただけでも、あなたがご両親に愛されて育ったのだと実感されました。お父さんはあなたの仕合わせだけを願っていたんですよ」

「…………」

「お父さんは今、どこにいるかわかりません。携帯が不忍池近くに捨てられていました。位置を調べられるのを恐れて捨てたのでしょう。でも、不忍池近くに捨ててあったということは根津のマンションまであなたに会いに行ったのだと思われます。でも、すでにあなたはそこにはいなかった」

篠田は息を継いで、

「お父さんはどこかに潜伏しているのです。あなたが立ち直るのを見届けるまでは逃げ続けるでしょう。どんな思いで、身を隠しているか、想像してみてください」

「…………」

「あなたが立ち直れば、お父さんはきっと姿を現わすはずです。それまで、お父さんは過酷な逃亡生活を送り続けるつもりなのです」

反応のないのぞみに、篠田は溜め息をつき、

「そうそう、あなたが高校生ぐらいのときでしょうか、お母さんといっしょに犬も写真に写っていましたね」

「ジローです」

のぞみがふいに口をきいた。

「ジローですか。家にいませんでしたが」

「たぶん、近所のひとに預かってもらっているんです」

「ジローは幾つですか」

「十五歳です。私が中学生になったとき、家にやってきたんです」

「あなたもお父さんもいなくて、ジローは寂しがっているでしょうね」

「ジロー」

のぞみは呟いた。

「のぞみさん」

海藤が引き取った。

「今のあなたに必要なことは早く覚醒剤と手を切ることです。そのためには、本間明をかばっていては無理です。本気で覚醒剤と決別する気なら本間明の交友関係を教えてく

ださい」

「うちに来たのは南条さんだけです」

のぞみは答える。

「六本木のクラブのＶＩＰルームにいた男とも付き合いがあったんじゃないですか」

「………」

「どうなんですか」

「そのひとと付き合い出したのは最近です」

「最近？」

「はい、一時中断していたようですが、最近また交際が復活したようです」

「最近と言うと？」

「半年ぐらい前からだと思います」

「どんな関係だと思いましたか」

「商売上の付き合いだと」

「どんな商売ですか」

「わかりません」

「覚醒剤だと思いませんでしたか」

「………」

のぞみは俯いた。

「そう思っていたのですね。そのひとの名前を教えてください」

海藤は迫った。

しかし、なかなか口にしようとはしなかった。

海藤はさらにきいた。

「六本木のクラブにはお友達といっしょに行ったのですね。そのお友達の名前を教えていただけませんか」

「学生時代の友人で及川真名香さんです」

「連絡先はわかりますか」

「携帯に入っています」

「そうですか。及川真名香さんもＶＩＰルームに行ったのですね」

「はい」

「では、及川さんにきけばそのひとのことはわかりますね」

「やめてください。真名香に迷惑をかけたくありません」

「だったら、仰ってください」

のぞみは大きく息を吐き、

「俳優の沢本銀次郎さんです」

と、口にした。

「沢本銀次郎か」

篠田は思わず呟いた。

沢本銀次郎には以前から薬物疑惑がつきまとっており、警視庁組織犯罪対策五課がマークしているという噂を聞いていた。

「本間明は沢本銀次郎に覚醒剤を売っていたのでは?」

海藤が確かめる。

「そうみたいでした。遊び仲間であり、客でもあったのだと思います」

のぞみははっきり口にした。

「よく話してくれました」

海藤はほっとしたように呟いた。

「では、改めて、あなたが覚醒剤を使いはじめたときのことからおききします。最初は、」

大学四年のとき、六本木のクラブで……」

最初はアブリで吸引をしていたが、母親の死をきっかけに注射器を使うようになったこと、それから、本間明が持ってきてくれた覚醒剤を日常的に注射して使っていたことを自供した。

自分の机に戻り、海藤は及川真名香に電話をかけた。

「関東信越厚生局麻薬取締部の海藤と申します。及川真名香さんですね。奥村のぞみさんのことで少し伺いたいことがあるのですが」

その後、何か言葉を交わしてから、海藤は電話を切った。

「やはり、VIPルームにいたのは沢本銀次郎に間違いないそうです」

「そうか」

「それから及川真名香さんは話を聞きたいそうで、夕方、ここに訪ねてくるそうです」

「わかった」

篠田はすぐ警視庁組織犯罪対策五課にいる相葉《あいば》警部補に電話をした。

「麻取の篠田です」

「お久しぶりです」

「ちょっと教えて欲しいのですが」

「なんでしょう」

「そちらで、俳優の沢本銀次郎を内偵していたとお聞きしたことがあるのですが、現在はどうなっているのですか」

がっしりした体格でいかつい顔をした相葉の顔を思い描きながら、篠田はきいた。

「三年ぐらい前まで確かに覚醒剤をやっていたようですが、警察に目をつけられたと気づいてから用心しているようです。今はやっている様子はありません」

「覚醒剤と手を切ったのでしょうか」

「そのようです。ですから最近は、内偵はしていません」

「そうですか」

「何か」

相葉が怪訝そうにきいた。

「じつは本間明という密売人と接触しているようなんです。ところが本間明は先日殺されました」

篠田は事情を話し、

「もし、本間明から入手していたのなら、仲間の売人が本間に代わって沢本銀次郎と繋がりを持とうとするはずです」

「なるほど」

「本間明は鳴海会傘下の高良組の組員南条恭二と繋がっているんです。高良組が覚醒剤を密売しているのではないかと」

「高良組の南条ですか」

「ご存じですか」

「以前、売人の疑いで事情をきいたことがあります。証拠はなく、追い詰めることは出来ませんでしたが」

「どんな感じの男ですか」

「金のネックレスをした気障な男です。さっそく、高良組を調べてみます」

「私のほうは沢本銀次郎の内偵を進めてみたいと思うのですが」

「そうしていただけますか。あとで、沢本銀次郎の資料をお送りいたします」

「お願いします」

篠田は電話を切った。


夕方になって、九段下の麻薬取締部に及川真名香が訪ねてきた。

清楚な雰囲気の小柄な女性だった。

応接セットのテーブルをはさんで、篠田と海藤は真名香と向かい合った。

「のぞみはどんな様子なのでしょうか」

「ようやく落ち着いてきましたが、まだ不安定です。ただ、覚醒剤と手を切りたいという覚悟は感じ取れます」

海藤が口を開く。

「あなたは学生時代の友人だそうですね」

「はい。でも、ここ三年間、交流を絶たれていました」

「どうしてですか」

「本間明のことで喧嘩になって。別れるように言ったら怒って。それ以来、疎遠になっていました。でも、のぞみのお父さんから電話があって、本間と別れさせるからのぞみに寄り添って欲しいと言われ、先日、三年ぶりに電話をしました。のぞみはとても喜んでくれました」

「そうですか」

海藤は頷き、

「あなたはＶＩＰルームにいた沢本銀次郎が覚醒剤をやっているのを見たのですね」

「アブリという奴ですか。それをやったあとのようでした。本間はそれをのぞみに勧めていたんです」

真名香は続ける。

「のぞみのお母さんが亡くなって一年後に久しぶりに会ったとき、のぞみの腕に注射の跡を見つけてショックを受けました」

「それで、本間明と別れるように言ったのですね」

「はい。ですが、のぞみは本間のことが本気で好きだったみたいで……」

「のぞみさんのお父さんの奥村順治は本間が覚醒剤をやっていることをどうして知ったのでしょうか」

篠田はきいた。

「のぞみが高岡の家に本間を連れてきたあと、お父さんから電話があったのです。のぞみの様子がおかしいと。それで、お会いして」

「それで、覚醒剤のことを知ったのですね」

「はい。その後、電話がかかってきて、沢本銀次郎のことを話しました」

「そうですか」

「あの、本間ものぞみといっしょに捕まったのではないのですか」

真名香が訝しげにきいた。

「ご存じなかったのですね」

篠田は厳しい顔で口にした。

「本間明は殺されました」

「殺された？」

真名香は目を見開いた。

「ええ。高岡市と氷見市の境にある桜峠トンネル近くの山中で死体になって発見されたのです」

「えっ」

真名香は息を呑み、怯えたような顔で、

「誰が？」

と、きいた。

「まだ捜査中で何とも言えませんが。奥村順治さんが姿を晦ましています」

「そんな……」

真名香は肩を落とすとしうなだれた。

篠田は黙って真名香を見守った。

「のぞみ、可哀そうに」

真名香がぽつりと言った。

「及川さん、奥村のぞみは近々起訴されますが、裁判では初犯であり、執行猶予がつくでしょう。でも、それからが彼女の覚醒剤との過酷な闘いのはじまりです。どうか、彼女のために……」

「そのつもりです。のぞみのお父さんにも頼まれましたが、頼まれなくてものぞみのために力を尽くします」

真名香は悲壮な覚悟で言った。

二日後、東京地検は奥村のぞみを覚醒剤使用と所持の容疑で起訴し、のぞみの身柄は東京拘置所に移されることになった。

篠田は小菅《こすげ》にある拘置所の門の近くに立っていた。奥村順治が現われるかもしれない。彼は娘のことを案じているのだ。

金子殺しは本間明が死んだことで捜査が難航したが、金子の部屋の浴室のドアから本間の指紋が検出され、容疑も深まった。状況証拠からも本間明の犯行に間違いないということで、被疑者死亡で書類送検された。

また、本間殺しの疑いのかかった奥村順治は車を乗り捨てた新高岡駅から東京に向かったのだ。おそらく、犯行の夜は車の中に泊まり、翌日の始発で東京に向かったのだろう。それから根津のマンションまで行った。しかし、のぞみは不在で、やむなくどこかに移動した。途中、携帯を不忍池近くに捨てた。

だが、奥村順治はのぞみのいるところに必ず現われる。娘の顔を遠くからでも一目みたいはずだ。

昼近くになってのぞみを乗せた警察の車両が拘置所に入って行った。周辺を見回したが、奥村順治らしい人影は見当たらなかった。

第四章　父の行方

1

九月三日、東京地裁で奥村のぞみの初公判が開かれた。

篠田は傍聴席の後ろの方に座った。傍聴人は疎《まば》らにいた。奥村順治の姿はなかった。廊下には警視庁の刑事も張込んでいる。そうと察し、奥村順治は近づけないのかもしれない。

本間明が殺されて三か月、奥村順治の行方はいまだに摑めなかった。東京に潜伏していることは間違いない。

自殺を疑う捜査員もいたが、自殺はあり得ないと篠田は思っている。娘のことを思っているからだ。それより第一、自殺にしては死体がいまだに見つからないのは不自然だ。

だから、この建物のどこかにいるに違いない。

のぞみは白いブラウスに黒いスラックスで、髪を後ろで束ねていた。

検察官は起訴状を読みあげた。

「被告人は、五月二十日から三十一日の間、自宅マンションの部屋にて、覚醒剤であるフエニルメチルアミノプロパン塩酸塩を含有する水溶液を自己の腕部に注射し、もって覚醒剤を使用したものである」

罪状認否で、のぞみは起訴状の事実を認めた。

そして、情状証人に及川真名香が出て、のぞみのために証言をした。被告人が薬物に手を染めたのは付き合った男のせいである。私がもっと強く出て、その男と別れさせるべきだった。その反省に基づき、被告人が二度と薬物に手を染めないように責任をもって監視すると、真名香は訴えた。

さらに、父親の会社の上司で公私共に奥村家と親交のある嶋武郎がのぞみの身許引受人になった。本来であれば父親の順治がなるべきだった。だが、いまや順治にはその役割は期待できない。

検察側は論告で、長年にわたる薬物の使用を糾弾し、その常習性を問題にし、懲役二年を求刑した。

弁護側は恋人から勧められ、拒むことが出来ない状況で覚醒剤を使っていたのであり、被害者でもある。その恋人はすでに亡く、被告人を縛るものがなくなった。本人は覚醒剤との決別を誓っており、治療施設への通所の目処がついているということで、執行猶予付きの判決を求めた。

次回判決公判は九月十七日午後一時半からということになった。

篠田は裁判が終わったあと、法廷から廊下に出てきた真名香に声をかけた。

「及川さん。ごくろうさまです」

「のぞみのために少しでも力になろうと」

真名香は地味なスーツ姿だった。

「今の彼女にはあなたしか頼れるひとはいません。奥村順治さんもきっとあなたを頼りにしていると思います」

「お父さん、現われなかったようですね」

「警察が張込んでいることに気づいているのでしょう。もしかしたら、あなたに近づいてくるかもしれません。もし、現われたら、私に連絡をくれるように話していただけませんか」

「わかりました」

のぞみの弁護人である女性弁護士を待っているという真名香と別れ、篠田はエレベーターを下りた。

一階に下りたとき、篠田ははっとした。エントランスを出て行こうとしている男の後ろ姿が奥村順治に似ているように思えた。帽子をかぶり、眼鏡をかけ、マスクをしている。

篠田はその男のあとを追った。

しかし、外に出て門に向かって駆けたとき、すでに男の姿はなかった。果たして、奥村順治かどうか、わからなかった。

諦めて、地下鉄乗り場に向かう。途中、海藤に電話をした。

「どうだ？」

「まだ、マンションから出てきません」

「これからそっちに行く」

篠田は霞が関から白金高輪に行った。

この三か月近く、沢本銀次郎のマンションを張込み、尾行してきた。だが、彼が売人と接触した形跡がなかった。

外国大使館の裏手にあるマンションの近くに、捜査車両が停まっている。カーテンが引かれ、車内は見えない。だが、カーテンの隙間から鋭い目が覗いているのだ。

篠田は後部座席に乗り込んだ。運転席に木下、助手席に海藤、後部座席に浅村がいた。

「裁判はどうでしたか」

海藤が目をマンションの入口に向けたままきいた。

「問題なく終わった。執行猶予がつくのは間違いない」

「奥村順治は現われませんでしたか」

「警察が張込んでいるからな」

篠田は答えてから、

「それにしても、沢本銀次郎はなかなか尻尾を出さないな」

と、口元を歪めた。

「薬を止めたのでしょうか」

「いや、いったん止めたかわからんが、本間明との付き合いが再開している。だったら、必ずやっている」

これまでにも撮影現場、テレビ局のスタジオなどに出かけて行くあとをつけ、沢本銀次郎を見張ってきた。だが、怪しい人間との接触はなかった。

「あっ、出てきました」

海藤が小さく叫ぶ。渋い感じの沢本銀次郎が茶色のバッグを小脇に白金高輪の駅のほうに向かった。

「職質をかけますか」

「いや、覚醒剤を持っているかどうかわからない。それに、狙いは沢本銀次郎ではない。売人だ。売人を見つけ出したいのだ。沢本を捕まえても、売人の名を口にしないはずだ」

おそらく南条恭二が本間の客を引き継いでいるはずだ。沢本銀次郎と南条恭二が接触するところを確かめたいのだ。

南条を捕まえることが出来れば高良組の事務所にガサ入れをかけ、さらにその上の鳴海会にも突き進むことが出来る。

沢本銀次郎はやってきた空車に乗り込んだ。

タクシーのあとをつける。やがて、四谷を過ぎ、新宿通りを行き、四谷三丁目の交差点を過ぎたところで車を下りた。

「事務所ですね」

海藤が沢本を目で追いながら言った。

沢本が入っていったビルの三階に丸和芸能事務所の看板が見えた。

「沢本は定期的に事務所を訪れていますね。俳優でもそんなに事務所を訪れるものなのでしょうか」

木下が言う。

「マネージャーとの打ち合わせなんじゃないですか」

浅村が答える。

「これまでの沢本の行動で、何か変わった動きはなかったか」

篠田はきいた。

「それがないんですよ」

浅村が首を横に振る。

「やはり、売人から直接手に入れているのではなく、何らかの方法で手に入れているのだ。たとえば、郵送とか」

「コインロッカーを使っている様子はありません」

木下が言う。売人がコインロッカーに覚醒剤を仕舞い、ロッカーの鍵をどこかに置いておく。その場所を、携帯で沢本に知らせるという手口だ。

だが、この三か月間、沢本がコインロッカーを使ったことはない。

「やはり、売人と直には接触していないな」

篠田は溜め息をつく。

警視庁の組対五課も高良組の内偵で何も得ていない。本間が殺されたことで、警戒を厳しくするようになったのかもしれない。

三十分後に、ビルから沢本銀次郎が出てきた。

さっきよりバッグを大事そうに抱え、新宿通りを新宿のほうに向かった。

木下は車をゆっくり発進させた。

「現金でももらったんでしょうか」

海藤がバッグのことを言った。

「そういえば、いつも事務所から出てきたときはバッグを大事そうに抱えています」

浅村が応じる。

「いつも?」

篠田ははっとした。

「まさか」

「売人が芸能事務所に送り、それを沢本が取りにきたのではないか。想像でしかないが」

「薬？」

「薬じゃないか」

「なんですか」

「やはり職質をかけたほうが」

木下が言う。

「万が一違っていたら、これからますますやりにくくなるが……」

篠田は慎重になった。なにしろ狙いは売人なのだ。

「しかし、沢本はなかなか尻尾を出しません」

木下が焦ったように言う。

「停めてくれ。事務所に行ってくる。沢本をつけるんだ」

篠田は車から下り、沢本銀次郎が出てきたビルに向かった。

エレベーターで三階に上がる。丸和芸能事務所と書かれたドアを開け、衝立の手前の机に置いてあるベルを押した。

衝立の向こうから、女性が現われた。

「すみません。ちょっとお訊ねします、先日、沢本銀次郎さん宛てに荷物を送ったものですが、ちゃんと沢本さんに渡ったかどうか知りたいのですが」

篠田は嘘をついた。

「少々、お待ちください」

女性は奥に向かった。

しばらくして、鼻の下に髭を生やした男がやってきた。

「部長の小和田です。あなたが沢本銀次郎に荷物を？」

「そうです。実際は頼まれて送っているのですが」

「ちゃんと渡していますよ。荷物が届いたら、連絡しています。さっきもとりにきましたから」

小和田は言ってから、

「いったい中はなんなんですか」

「沢本さんはなんと？」

「漢方薬だと言ってました」

小和田は眉根を寄せ、

「まさか、怪しいものではないでしょうね」

と、迫るようにきいた。

「どうしてそう思われるのですか」

「漢方薬なら自分のマンションに届けてもらえばいいんです」

「ひょっとして薬物だと？」

「そういうわけではありませんが」

小和田は困惑したように言う。

篠田は適当に話を合わせ、事務所を出た。

ビルの外に出てから、海藤に電話を入れた。

「沢本は？」

「新宿二丁目にあるバーに入っていきました」

「バー？」

「まだ開店はしていませんが」

「よし、見張っていてくれ。すぐ、そこに行く」

十五分後に、篠田は海藤たちと合流した。

「定期的に事務所に沢本銀次郎宛てに郵便物が届くようだ。覚醒剤の可能性が高い」

車に乗り込んで、篠田は言う。

バーから沢本銀次郎が出てきた。軽快な足どりだ。

「職質をかけよう」

篠田は言い、車から下りる。海藤たちも続いた。

沢本銀次郎が歩いてくる前に立った。

「沢本銀次郎さんですね」

篠田が声をかける。

沢本はきょとんとしている。

「麻取です」

「…………」

沢本の顔が青ざめた。

「そのバッグの中を検めさせてもらっていいですか」

海藤が迫った。

「なぜですか」

沢本はバッグを胸に抱えた。

「念のために調べさせていただけませんか。何もなければ、すぐに済みますので」

「これから仕事なんです。忙しいんです。あとにしてください」

「ご協力願えませんか」

篠田は沢本の前に出る。

「お断りします」

「さっき事務所で受け取った郵便物はなんですか」

篠田が言うと、沢本はうろたえた。

「なんでもありません。ファンからの贈り物です」

「見せていただけませんか」

「困る」

沢本は強い口調で拒絶した。

「激しく拒むと、かえって疑ってしまいます。ちょっと見るだけですから」

「…………」

「今、そこのバーから出てきましたね。まだ、店は開店していないのにどんなご用で？」

「知り合いなので、挨拶に寄っただけです」

「トイレに行きましたか」

篠田はきいた。

「…………」

「どうなんですか」

「トイレぐらい行きますよ」

「そのバッグを持って？」

「…………」

「すぐ終わりますので」

海藤は白い手袋をした手を差し出した。沢本は渋々バッグを寄越した。

バッグを受け取り、海藤は中を見た。そして、パケと呼ばれる覚醒剤の入った小さなビニール袋をふたつ見つけた。量は一袋〇・一グラム。注射器もあった。

「これは？」

海藤が突き付けると、沢本銀次郎はわなわなと震えだした。

「車まで来ていただけますか」

海藤は沢本を車に乗せた。

簡易検査キットを沢本に見せ、

「これでこの白い粉がシャブかどうか検査します。試薬を入れて色が……」

「シャブに間違いありません」

沢本が口にした。

「十五時二十分、覚醒剤所持で現行犯逮捕」

篠田ははっきりした声で告げた。


沢本銀次郎が覚醒剤取締法違反容疑で逮捕されたことは翌日にはマスコミに知れ渡っていた。脇役とはいえ、テレビドラマにはよく出ていたので衝撃は大きかった。

前日、麻薬取締部に連行し、尿検査をして陽性反応が出たので覚醒剤使用でも逮捕となった。

逮捕から四十八時間以内に検察庁に送検しなければならず、時間ぎりぎりに送検を終えた。

十日間の勾留延長を求め、引き続き取り調べが続いた。

「では、昨日に続いて取り調べをはじめます」

篠田は切りだす。

「覚醒剤をはじめたきっかけは本間明に勧められたということでしたね」

「そうです」

「本間明と知り合ったきっかけはなんですか」

「テレビドラマのロケでお台場に行ったとき、本間明がサインをくれと近寄ってきて、そのとき、銀座のクラブの女性がファンなのでいっしょに呑みに行きませんかと誘われて」

沢本は語りだした。

「銀座のクラブの帰り、気分がすっきりするからと勧められて」

「覚醒剤だと気づかなかったのですか」

「気づきましたが、いつでもやめられると思って」

「そのときは本間が売人だと知っていたのですか」

「何度か付き合ったあとです。いつでも薬を持ってきてくれたので、売人だったと気づきました」

「一時、あなたが覚醒剤をやっているという噂が立ちましたね」

「ええ。事務所からも言われ、薬を断ち、本間との付き合いもやめました」

「そのときはほんとうに薬をやめていたのですか」

「やめていました。薬が切れると気分が落ち込んだりしましたが、それを乗り越えたらなんともなくなりました。だから、覚醒剤なんて気の持ちようでいつでもやめられると本気で思っていたんです」

「それがいつごろですか」

「四年前です。ところが一年ほど前、六本木で偶然本間と再会して。そのとき、妙なことに薬の欲求が」

「それから、本間との付き合いが再開し、覚醒剤もはじめたのですね」

「そうです」

「五月三十日に本間明は殺されました。本間から薬を入手出来なくなり、どうしたのですか」

それまですらすら答えていたが、急に沢本の反応が遅くなった。

「本間の仲間があなたに声をかけてきたのではないですか」

「違います」

沢本は妙に力んだ。

「では、どうしたんですか」

「六本木のテレビ局の帰り、見知らぬ男から声をかけられたんです」

「見知らぬ男?」

誰もが同じような言い方をする。売人の名を言いたくないのだ。

「見知らぬ男がなんて声をかけてきたんですか」

「シャブいらないかって」

「あなたがシャブを使っていることを知っていたんじゃないですか」

「違います。たまたま声を……」

「で、見知らぬ男があなたの所属するプロダクションに郵送してくるのですか」

「そうです」

郵便物の消印の場所は港区だ。差出人は本沢金太郎。沢本を引っくり返し、銀を金にした名で、いかにも偽名らしかった。

「お金はどうやって渡しているんです。相手の銀行口座に振り込んでいるのですか」

「違います」

「じゃあ、どうやって」

「………」

「どうしたんですか。何かいいづらいことでも？」

「電車のホームで落ち合って渡すんです」

「金だけを？」

「そうです」

「なぜ、シャブは郵送で、支払いは相手に直に？」

「面倒臭いけど、用心のために」

「沢本さん。ほんとうのところはどうなんです。売人は本間の仲間なんでしょう？」

「違います」

「なぜ、売人の名を言おうとしないのですか」

「知らないからです」

「南条恭二という男を知っていますか」

「…………」

沢本は口を半開きにした。

「知っているんですね」

「知りません」

「本気で、覚醒剤をやめる気があるんですか」

「あります」

「今度のことで、あなたの事務所はテレビ局などに高額な違約金を払わねばならなくなるんじゃないですか」

「…………」

「売人のことを正直に言わない限り、あなたはまた覚醒剤に手を出すようになります」

「ほんとうに名前を知らないんです」

「本間明の仲間ですね」

「知りません」

沢本銀次郎は売人のことは言おうとしなかった。

連日の取り調べにも売人の名は隠し続けた。

沢本銀次郎が口を割らないまま、九月十七日になった。判決公判で、奥村のぞみに懲役一年半執行猶予三年の判決が出た。

2

強い雨が病院の庭の萩の花に打ちつけている。奥村のぞみは四階の病室の窓から雨に煙った丹沢大山を見ていた。

判決から半月経った。のぞみは釈放されてすぐに神奈川県厚木市にある国立の精神療養センターに入院した。

のぞみは医師から薬物依存症との診断を受けていた。麻取に逮捕されてから四か月近く、のぞみは覚醒剤を絶っている。

ときどき、喉の渇きやだるさに襲われるが、それはたいしたことではなく、問題は気分の激しい落ち込みと同時に覚醒剤への欲求が高まることだった。今目の前にシャブがあったら、ためらわず使ってしまうに違いない。

覚醒剤のために本間明を失い、父を殺人者に追いやり、さらに留置場、拘置所で過ごした惨めな日々を経験しているにも拘らず、覚醒剤を欲している自分に呆れ、自己嫌悪に襲われる。そして、そこにちらつくのは自殺という二文字だった。

ふと、萩の花の横にフードをかぶったレインコートの男が立っていることに気づいた。のぞみははっとした。父かもしれない。

ドアがノックされた。振り返ると、及川真名香が顔を出した。

「真名香」

のぞみは窓辺から離れようとして、もう一度窓の外を見た。レインコートの男の姿はなかった。

のぞみはようやく窓辺から離れ、真名香を迎えた。だが、レインコートの男のことが頭から離れなかった。

「どうかしたの？」

真名香が不思議そうな顔をした。

「なんでもない。どうぞ」

折り畳みのパイプ椅子を出して、勧める。

「ありがとう。のぞみが好きなプリン買ってきたよ。いっしょに食べよう」

「うん、ありがとう」

真名香がテーブルにプリンを出した。

しかし、のぞみはすぐに手が出なかった。以前はすぐに食べたものだったが、今はそんな気がしない。

真名香は自ら進んで紙のスプーンを使って一口食べた。

「おいしいよ」

「あとでいただくね」

「そう」

真名香は落胆したようにスプーンを置いた。

「ごめん」

のぞみは真名香に謝った。

「いいよ」

真名香が首を横に振った。

のぞみは真顔になってきいた。

「父の行方はまだわからない？」

「うん、まだみたい。ここのロビーにも刑事らしい男がいたわ」

「そう」

さっきのレインコートの男も刑事らしい男に気づいたのだろう。

「どうしているんだろう」

のぞみは心配だった。もし本間を殺害したのなら早く自首してもらいたかった。罪を償い、またいっしょに暮らしたいと思った。

だが、そう思うそばから本間を殺したことへの怒りも蘇ってくる。

本間は自分が愛した男だ。父から見れば、悪い男だったかもしれない。輸入雑貨の卸をしているというのは嘘で、覚醒剤の売人だった。

それでも自分にとっては唯一の男性だったのだ。本間に覚醒剤を教えられた。こんな体にしたのは本間だと父は思っているのだろうが、薬を欲したのはのぞみのほうだった。

この期に及んでもなお本間をかばっているのかと、父は激しく叱るだろうが、本間だけが悪いのではない。

だが、父が言うように、本間がいる限りのぞみは覚醒剤と手を切れないというのはそのとおりだったかもしれない。

父に対して相反する思いが交錯して頭が混乱する。

「警察は必ずのぞみに会いに来ると考えているみたいね」

「…………」

「のぞみ、あなたのお父さんはあなたを助け出そうと必死だった。あなたのことをほんとうに大切に思っていたのね」

「それはわかっているの……」

のぞみは呟くように続ける。

「本間を知ってから父のことが煩わしくなって。父はそんな私に寂しい思いをしていたのでしょうね」

「あなたが立ち直った姿を見たら、きっとお父さんも姿を現わしてくれるわ。だから、今は自分のことだけ考えて」

「うん」

のぞみは頷き、

「高岡に帰りたい。ジローにも会いたい」

と、言葉が口を衝いて出た。

母も父もいないが、ジローがいる。もう十五歳になる老犬だ。また、ジローと散歩したい。

「ジローは今、嶋さんが預かってくれているって。家もちゃんと嶋さんが管理しているから安心だよ」

「嶋のおじさんにはすっかり世話になって」

嶋武郎は父の会社の上司だが、子どもがいないせいか、のぞみを実の娘のように可愛がってくれていた。

ドアがノックと共に開いて、看護師が顔を出した。

「診察ね。また、くるね」

真名香は立ち上がって引き上げて行った。

ひとりになると、また激しい孤独感が押し寄せてきた。

夜になるのが怖かった。さらに落ち込んで行く。睡眠薬を飲んでも二、三時間で起きてしまう。抗不安薬を処方されてもそのときだけだ。こんな毎日からふと逃げだしたくなることがあった。

入院から三週間経った十月八日、のぞみは退院した。すでに仲秋も過ぎ、さわやかな季節だが、のぞみは何の感慨もなかった。

嶋武郎がわざわざ高岡からやってきてくれた。院長やその他のスタッフに挨拶をして、病院を出た。

タクシーで、その病院から三十分ほどのところにある女性用の薬物依存症からの回復支援施設『ダルク女性センター』に向かった。

この支援施設は、薬物をやめて間もない段階で、同じ問題を抱えた仲間とともに共同生活をして回復を目指す女性だけのダルクだ。

裏手は畑になっている。建物は農家を改造したもののようだ。

代表は高井《たかい》雅美《まさみ》といい、四十四歳の女性で、薬物依存症を克服した過去があった。三名いるスタッフも全員女性だった。

代表の部屋で、のぞみは嶋といっしょに高井雅美と向かいあった。

「入所しているひとたちは同じ悩みを持っている仲間です。いっしょに、薬なしの生活が出来るように頑張りましょう」

それから、スタッフの女性に案内されて、二階奥の部屋に案内された。三畳ぐらいの広さで、ベッドが置いてあった。

トイレと浴室は廊下の突き当たりだった。

「ここが奥村さんのお部屋です」

のぞみと嶋は部屋に入った。

「何かあったらお呼びください」

スタッフの女性は出て行った。

「ちょっと狭いな」

嶋はそう言い、突き当たりの窓を開けた。心地よい風が吹き込んできた。

「おじさん……」

のぞみは声をかける。

「なんだね」

嶋は振り返った。

「まだ、父から連絡はないのですか」

「ない」

嶋は表情を曇らせた。

「でも、ここなら君に会いに来られるかもしれない。夜なら、ひと目を避けて近付けそうだ」

「なぜ、父は本間を……」

「うむ」

嶋は戸惑いを見せたが、

「五月の終わりころだったか、奥村くんは退職願いを持ってきた」

と、口を開いた。

「退職願い？」

「わけをきいたら、君のことを話したんだ。君を救うことに専心したいということだった。休職ということにしたが、それからは薬物依存症のことや本間のことも調べたようだ。その結果、あの男がいる限り、君を救い出せないと思ったのだ」

嶋はやりきれないように言う。

「けど、殺さなきゃ、いけなかったんでしょうか」

のぞみは険しい声になった。

「君が本間に夢中になっていることを知って、本間が生きている限り、君の想いは本間に向かい続ける。そう考えたのだろう。麻取の篠田さんもそう言っていた。けど、まだ奥村くんが殺したとは決まってないからね」

「………」

「篠田さんの話では、本間は末端の売人の男を殺した疑いがかかっていたそうだ。だから、いずれ逮捕され、君とは別れ別れになる。だが、君の想いがあの男にあれば、刑務所に入っていても心は囚われたままだ。もし奥村くんが犯人だとしたら、それが理由だ」

「私が本間と別れられたら、父はこんなことにならずに済んだのですね」

のぞみは心を抉《えぐ》られる思いだった。

「いいかね、奥村くんは自分のために本間明と向かいあうと決めたんだ。君が責任を感じる必要はない。あくまでも奥村くんの問題だ」

「でも、私のためだったことに間違いはありません」

「いや、他にいくらでも方法はあったかもしれない。仮に、君が本間のことを想い続けていたとしても、覚醒剤から離れることは出来たはずだ。あくまでも奥村くんの考えでやったことだ」

「…………」

しばらくして嶋は引き上げていった。

急に気分が落ち込んできた。また、激しい鬱に襲われそうになった。薬があれば、この苦しみから逃れられる。そう考えている自分に愕然とした。

ダルクでの生活がはじまった。

朝六時に起き、庭の掃除をし、朝食のあとに簡単なミーティングがあり、その後は畑仕事をする。

夕飯後には長いミーティングがある。会議室で入所者十二名全員がテーブルを囲んだ。中央に代表の高井雅美が座り、のぞみの紹介をし、それから体験談をひとりずつ語った。

まず、三十五歳の髪の長い女性が語り出した。

「私はスナックでアルバイトをしているとき、お客さんから疲れがとれるからと勧められて好奇心からアプリで吸引しました。最初は気持ち悪かったのですが、次第にすっきりして元気になったのです。それから、これをやってセックスをすると性感がよくなり、快楽が何十倍も続くと言われ、興味もあってその晩ホテルでまたアプリで吸引してからセックスをしました」

女性は暗い表情で続ける。

「そのときの快感が忘れられなくなり、その彼と毎回覚醒剤を吸引して行為に及びました。でも、だんだん効き目が弱くなっていき、今度は静脈注射をしました。するとどうでしょう。首筋を触れられただけで快感が全身を貫き、それから何時間もセックスをし続けました。そうしているうちに覚醒剤の量が増えて……」

女性は言葉を詰まらせ、大きく息を吸い込んでから、

「ある日、覚醒剤を打ったら、急に動悸が激しくなって息が苦しくなって七転八倒しました。気絶して、気がついたとき病院のベッドの上でした。あとで聞いたら、私が苦しみ出して驚いた彼は私を放ってホテルから逃げたそうです。私はホテルの従業員に発見されて救急車を呼んでもらい……」

女性の話はまだ続きがあった。

「警察に捕まり、もう二度とやらないと誓ったのですが、執行猶予期間中に自分を見捨てた男と町で偶然に出会ったのです。彼は私を放って逃げた罪もあって懲役二年の刑を

受け、出てきたばかりだったようです。私はあのくず男を大勢のひとが行き交う町中で罵りました。あの男はこそこそと逃げていきました。でも、そのあとに私に思いがけないことが起こったのです。薬物への欲求です。たまらなく薬が欲しくなりました。気がついたとき、私はネットで売人を探していたのです」

聞いている入所者の何人もが頷いていた。

「それから、私はまた覚醒剤をやりはじめ、今度は新しい彼に覚醒剤を教え、ふたりで使っていました。すると、体に変化が出はじめたのです。まず、肌が荒れてきて化粧の乗りが悪く、頰がこけてきて腕も細くなり、その腕は虫に刺されたような注射の跡が赤黒くなり、他人に腕を見られないように真夏でも長袖を着ていました。それでもやめられず、彼と部屋で注射をしていたところを警察に踏み込まれ二度目の逮捕となりました。執行猶予期間中であり、刑も加算され刑務所に三年間入りました。刑務所にいる間は今度こそやめようと誓ったのですが、出所して半年後にまた手を出し、また刑務所に。その刑期を終えて、先月出てきました。今度こそ、薬物と縁を切る気で、ここに入所させていただきました」

のぞみは聞いていて胸が痛くなった。

続いて、二十代後半と思われる女性が話しはじめた。

「私は十九歳で結婚し、子どもが生まれました。あるとき、ヤンキー時代の友達に誘われて彼女のアパートに行ったとき、彼氏が来ていて、私に覚醒剤を勧めたんです。私はいやだと断ったのですが、しつこくて断りきれずに打ってしまいました。ほんとうは興味もあったんです。それに一度ぐらいはどうってことはないという気持ちもありました。すぐやめられるとたかをくくっていたのかもしれません。でも、打ったあとの高揚感が忘れられず、また打ち、それが続いたあと、薬が切れると憂鬱な気持ちになって体もだるく、なにをする気もなくなってきました。だから、また薬を。その繰り返しでした。覚醒剤を買うために家計からお金をくすね、やがて主人に見つかって……」

彼女は離婚し、子どもは男親に引き取られ、そのことからますます覚醒剤に逃げるようになった。

「二度目の逮捕で刑務所に入ったとき、同じ覚醒剤で捕まった女が、運が悪かっただけ、今度はうまくやればいいと言っていた言葉が耳に残り、出所してすぐに売人のところに行きました。ところが、母が最初に私を逮捕した麻薬取締官に電話をして、私が薬を再開するのを止めてくれたのです。今度こそ、薬と縁を切ろうと、ここに入所しました」

やがて、のぞみの番がきて、自分のことを話した。

「大学四年のときに六本木のクラブで好みの男性に声をかけられ、個室のＶＩＰルームに誘われました。そこで、覚醒剤を勧められ……」

それから覚醒剤にはまっていったと語った。まだ、すべてをさらけ出すことは出来なかった。父親がそのために自分の恋人を殺したなどと言えやしなかった。

そのことを代表の高井雅美に見透かされた。

「しずかさん」

高井が呼びかけた。

しずかはのぞみのニックネームである。ここではみな本名を名乗らず、ニックネームで呼んでいる。

しずかというのは「ドラえもん」に出てくるキャラクターだ。高岡市は作者の漫画家、藤子・F・不二雄の出身地であり、そこから名を借りた。

「しずかさんははじめてですから自分の秘密を口にすることに抵抗がありましょう。でも、ここで自分のありのままをさらけ出すことが自分の意識を変えることに繋がります。おいおい、深い話をしていきましょう」

高井雅美はさらに続ける。

「聞いているのは同じ目的を持つ仲間だけです。ここで聞いたことは絶対に外に漏らしてはいけないのです。ですから、ありのままの自分を出してください」

「はい」

のぞみは素直に答えた。

だが、のぞみはそんなことをして覚醒剤と縁が切れるのか疑問だった。もう薬をやめて五か月近くなるのに、気分は落ち込み、ことに最近はやりきれないほどの孤独感に襲われるのだ。

脳が薬物への欲求を覚えているとすれば、それを消すことは出来ないのではないか。

そんな絶望感に襲われる。

真名香や嶋には申し訳ないが、自分はもう生きていても仕方ないような気がしてきた。どうせ死ぬなら覚醒剤を使って死んでも同じでは……。

そう考えて、のぞみははっとした。自分は今どこにいるのか。ここはどこだ。急に怖くなって震えだした。

「しずかさん」

高井雅美が声をかけた。

のぞみは虚ろな目を向けていた。

3

十月半ばを過ぎた。好天が続き、風も気持ちがいい。草木は黄ばみはじめ、北国のほうからは紅葉の便りも届く。

沢本銀次郎は起訴されたが、直ちに保釈の申請をした。申請が通り、保釈金を積んで保釈された。その後、沢本は事務所の小和田部長に付き添われ、千葉県にある国立の精神療養センターに入院した。

入院期間は一か月の予定だ。売人と思われる高良組の南条恭二の行動は警視庁の組対五課が監視しているが、なかなか尻尾を出さないようだ。

その後、奥村順治の行方は杳《よう》として知れない。裁判所の玄関で奥村順治らしい男を見かけたが、果たしてそうだったかわからない。

篠田は厚木にある女性専用のダルクに入所している奥村のぞみのことが気になった。覚醒剤と手を切ることだけに目を向けていたが、自分の愛する男を父親が殺したのだ。そして、父親は逃亡生活を送っている。

これだけでも衝撃的なことではないか。今やのぞみはひとりぼっちだ。嶋武郎や及川真名香が親身になってはいるが、所詮は他人だ。唯一の肉親の父親とも会えない。そのことの心のケアはだいじょうぶだろうか。

篠田は高岡の嶋武郎に電話をした。

「麻取の篠田です」

「もしや、奥村くんが見つかったのですか」

嶋が先走ってきいた。

「いえ。残念ながら見つかっていません」

「そうですか。篠田さんからの電話なので、てっきり……」

「お気持ちはわかりますが」

篠田はそう言ってから、

「じつは、のぞみさんの様子を知りたくて。いかがでしょうか」

「昨日、電話で代表の高井さんにきいたのですが、やはり落ち込みが激しいようです。

夜もあまり眠れていないようだと。今は離脱症状に苦しんでいるようだと言っていました」

「そうですか」

「入所以来、のぞみちゃんは笑顔を見せたことがないそうです」

「…………」

「篠田さんは何か懸念が？」

「父親のことが心を重くしているのではないかと気になりましてね」

「そうですね」

嶋も暗い声で言う。

「そのうち、私も会いに行ってみます」

篠田はそう言い電話を切った。

結局、沢本銀次郎は売人の名を言わぬまま起訴された。売人は高良組の南条恭二だと疑っているが、組対五課の捜査にも尻尾を出さないようだった。ただ、高良組の景気はよさそうで、覚醒剤で儲けていることは間違いなかった。

本丸は高良組であり、その上部組織の鳴海会だ。沢本銀次郎と南条恭二との関係を突破口にしようと思っていたが、沢本銀次郎の口を割らせることは出来なかった。

あとは沢本が保釈されたあとだ。南条恭二が接触を図るかもしれない。それを待つしかないと思った。

眠れない。気分は落ち込んでいた。ひとりぼっちの寂しさが襲いかかってきた。やりきれない。睡眠薬をもらおうとしたが、高井雅美から止められた。

ベッドから起き上がった。夜十一時をまわった。窓辺に立ち、カーテンを開ける。外は真っ暗だ。街灯がぽつんと灯っているだけだ。

しばらく外を見てからカーテンを閉めかけた。が、そのとき、街灯の明かりの輪の中に男の影が浮かんだ。あわてて窓を開けた。

だが、街灯の周辺に男の影はなかった。だが、のぞみの胸は高鳴っていた。父が自分に会いに来てくれたような気がした。

のぞみはドアの錠を開けた。ドアを開け、廊下の左右を見た。誰もいなかった。

諦めてドアを閉めた。だが鍵はかけずにおいた。

三十分ほど待ったが、父が現われる気配はなかった。のぞみは再びベッドに入った。

目を閉じたが寝つけない。ふと、ドアの開く音がして、のぞみは飛び起きた。

ドアの前に誰かが立っていた。

「父さん」

「のぞみ」

父が駆け寄った。

「父さん」

のぞみは父の胸にしがみついた。

「会いたかったよ。どこに行っていたの」

「父さんも会いたかった」

父はのぞみを抱き締めた。

「どうだ、具合は？」

「なんとか」

「ちゃんと治すんだ。そして、高岡に帰ろう。ジローも待っている」

「父さんはどうなるの？」

のぞみはきいた。

「父さんのことは心配するな。まず、のぞみがちゃんと回復してくれることが第一だ」

父はやさしい眼差しで言う。

「いつでも、のぞみが帰ってこられるように、高岡の家は嶋のおじさんが見てくれている。だから、あとのことは何の心配もいらない」

「わかった」

のぞみは答えてから、

「今、父さんはどこにいるの？」

と、きいた。

「転々としている。父さんものぞみが元気になるまで頑張る」

「でも、よかった。父さんが無事で」

「あまり眠れていないのだろう。さあ、父さんがそばにいてやるからゆっくりお休み」

「うん」

のぞみは横たわった。とても穏やかな気持ちになっていた。

「のぞみが小さいころもこうやって眠りにつくまでそばにいたものだ」

「覚えてる。いつもそばに父さんやお母さんがいて……」

のぞみの脳裏に子どものころのことが蘇った。

もう何年も忘れていた安らぎを覚え、のぞみはいつしか眠りについていた。

鳥のさえずりで目を覚ました。カーテン越しに明かりが差し込んでいた。

のぞみははっとして起きた。もう、父はいなかった。

次の夜も、父が部屋に来てくれた。

「保育園の運動会、覚えているか。父さんといっしょに出たパン食い競走で一着になったな」

「うん、覚えているよ。でも、父さん、手でパンを摑んで口にくわえたって訴えて、一着を辞退したのよね」

「そうだ。なんとかのぞみに一着の気持ちを味わわせてやりたいと思ってつい手で摑んでパンを口に持っていった。でも、のぞみは父さんを見ていたんだ。不正を働いたことがのぞみに対して恥ずかしくて正直に申し出たんだ」

「私、そんな父さんを偉いと思ったよ」

「あのあと、母さんの顔を見るのが怖かったよ」

「うん、父さん、小さくなっていたものね」

のぞみは笑った。

自分でも笑ったのはいつ以来だろうかと思った。

「ねえ、きいていい」

のぞみは真顔になった。

「お母さんの体調が悪いってずいぶん前から知っていたの?」

「ああ。おまえに心配かけたくないから言わないでって」

「そっか……」

「母さんは、のぞみの仕合わせばかりを願っていた。のぞみのことを頼んだわって、死ぬ間際まで言っていたよ」

「ほんとう……」

「でも、母さんは短い生涯だったけど、のぞみのような娘を持って仕合わせだったと思う。父さんもだけどな」

「それなのに、父さんに心配ばかりかけて」

のぞみは涙ぐんだ。

「そんなことない。こうして、のぞみと会えただけで仕合わせだ。あとはのぞみの回復を待つだけだ」

「私、きっと克服してみせる」

のぞみは力強く言った。

「ああ。そしたら、ふたりで母さんのお墓参りに行こう」

「うん」

「もうこんな時間か。さあ、父さんが見守っているから、ゆっくりお休み」

「お休みなさい」

のぞみはベッドに入った。

翌朝、目を覚ましたとき、父の姿はなかった。


篠田は小田急線厚木駅を下り、タクシーで『ダルク女性センター』に行った。

代表の高井雅美は篠田が新人のころに覚醒剤取締法違反容疑で逮捕したことがあり、それ以来の付き合いだった。女性専用のダルクを立ち上げるときも、篠田は近畿厚生局麻薬取締部に転勤中だったが、何かとアドバイスをしたものだった。

『ダルク女性センター』に着き、篠田は門を入り、玄関に向かった。背後の畑では入所者らしいひとたちが働いていた。

篠田は玄関を入り、すぐ横手にある代表の部屋に行った。

高井雅美は椅子から立ち上がって、篠田を迎えた。

「お久しぶりです」

「皆さん、畑ですか」

「ええ」

「奥村のぞみも？」

「いっしょです」

「どうでしょうか、奥村のぞみの様子は？」

「それが……」

高井が言いさした。

「よくないのですか」

「いえ、逆です」

「逆？」

「とても元気なんです。数日前までは表情も暗かったのですが、今は見違えるぐらい明るくなりました。食欲も出てきて、夜も眠れるようになったみたいです。なにごとにも積極的で」

高井は驚いたように言う。

「何かあったのでしょうか」

「わかりません。何もないはずですが」

「彼女を誰かが訪ねてきたことは？」

「最近はありません」

「そうですか」

篠田は奥村順治のことが脳裏を掠めた。

「五十過ぎの男を見かけたことはありませんか」

「いえ」

高井は首を横に振ってから、

「ただ、ちょっと」

と、戸惑い顔になった。

「なんでしょうか」

「隣の部屋のひとが、夜中にしずかさんの部屋から微かに話し声がすると。しずかさんというのは奥村のぞみさんのニックネームです」

「話し声というと？」

篠田の胸が騒いだ。

「誰かが来ていたということですか」

「ええ。でも、そんなはずはありません。玄関もちゃんと施錠しますし、外から誰も入ってこられませんから」

「そうですか」

「しずかさん、お呼びしましょうか」

「いえ、終わるまで待ちます」

篠田は言った。

それから三十分後に、高井がのぞみを呼んでくれた。

「お元気そうですね」

篠田は声をかける。顔色もよく、いくぶん頬もふっくらしたようだった。

「はい。ここは空気もおいしいし、同じ悩みを抱えたひとたちといっしょだと、何でも話が出来て」

のぞみは柔らかな表情で答えた。

確かに、嶋武郎から聞いた印象とまったく違う。

高井が部屋を出ていったあと、

「ひょっとして、お父さんがやってきたのでは？」

と、きいた。

「いえ、違います」

のぞみは穏やかに否定した。

「元気そうで安心しました。では、私はこれで」

「わざわざ、ありがとうございました」

のぞみは頭を下げた。

玄関までのぞみは見送ってくれた。

父親がどうしているかきこうとしなかった。やはり、父親の消息を知っているのだと思った。

その夜、篠田は木下の運転で厚木までやってきた。

『ダルク女性センター』の玄関を見通せる場所に車を停め、篠田は助手席から監視した。夜の九時に、電気が消えた。消灯時間だ。

それからじっと待った。だが、十一時を過ぎ、零時をまわっても怪しい人影は目に入らなかった。

「今夜は来ないな」

篠田は呟いた。

「引き上げよう」

「いいんですか」

「うむ。明日だ」

そして、翌日も同じ時間帯で張込んだ。しかし、結果は同じだった。毎日来ているわけではないだろう。

仮に奥村順治が現われても、警察に通報しようとは思わなかった。ただ、彼が無事である姿を確認したいだけだった。

4

十一月に入り、めっきり空気もひんやりしてきた。

その夜、父がやってきた。父はいつも誰にも見とがめられず部屋に入ってくる。

「のぞみ、きいていいかな」

しばらく、高岡で暮らしていた頃の話をしたあと、父がおそるおそる口にした。

「本間明さんのこと？」

のぞみは父が何をききたいかわかった。

「そうだ。あの男のことがほんとうに好きだったのか」

「好きだったよ。あの当時は本気でそう思っていた」

「今は？」

「わからないの」

「わからない？」

「最初は私の大事なひとの命を奪った父さんが許せなかった。本間がいなくなって悲しくて、辛くて。でも、今はなんとも思っていない」

「そうか」

「でも、もし本間が生きていたら、たぶん……」

「わかる。あの男が覚醒剤なんかに縁のない男だったら、父さんも気に入らないけど、のぞみのために許したと思う。ただ、のぞみを薬づけにしたことが許せなかった」

「父さん、安心して。もう二度と、やらないから」

「ああ、信じているよ」

父は微笑んだ。

いつしかのぞみは眠りに入り、朝になったらもう父はいなかった。いったい、父はどこで過ごしているのだろうか。

気持ちに余裕が出てきたせいか、父のことが心配になった。

十一月八日、沢本銀次郎が千葉県にある国立の精神療養センターをこっそり退院し、白金高輪の自宅に戻った。だが、そこからさらに西日暮里にある知人のマンションに移った。週刊誌の記者から逃れるためだ。

ベテラン麻薬取締官の橋田が千葉県の精神療養センターに赴き、沢本が予定より早く退院したいと希望したという話を聞いてきた。

精神療養センターに入院するというのは保釈を早くとりつけるための方便に過ぎないと思っていたので、篠田には意外でもなんでもなかった。二週間に一度、尿検査を受けるというのも怪しい。

改めて沢本銀次郎の張込みがはじまった。沢本は売人の名を最後まで口にしなかった。

口にしたあとの報復を恐れたというより、自分が覚醒剤を手に入れるルートを保持しておきたいという思いからだろう。

本気で薬物と手を切りたいと思う人間は売人らの薬物関係者との関係を断つという強い意志がなければならない。沢本銀次郎にはそれが見受けられなかった。

逮捕から二か月あまりも留置場と拘置所、さらに病院と自由を奪われてきた。それが解放されて、いっきに薬物への欲求が起こり、再び覚醒剤に手を出す人間を何人も見てきた。刑務所を出たときや執行猶予が明けたときが危ないのだ。

沢本銀次郎はまた覚醒剤に手を染める。麻薬取締官の長年の勘だ。そして、南条恭二が繋ぎをとってくるはずだ。

篠田は組織犯罪対策五課にいる相葉警部補に電話をした。

「篠田です。南条はどうですか」

「いや、用心深い。なかなか尻尾をつかませない」

相葉は悔しそうに言う。

「じつは、沢本銀次郎が退院し、知人のマンションにいます。保釈の身ですからさすがに薬は控えると思いますが、南条のほうから繋ぎをとる可能性があります。お互いに連携をとっていきたいのですが」

「わかりました。南条に動きがあれば、すぐ篠田さんに連絡します」

「こっちも沢本が動いたらお知らせします」

約束をして、篠田は電話を切った。

西日暮里の明治通りから一本奥に入ったところにあるマンションを張込んだ。沢本が付き合っている銀座のクラブのママの持っている部屋で、今は誰も使っていないらしい。

二日後の夜、沢本はマンションを出てきた。明治通りに出て、タクシーを捕まえた。

木下は車を発進させた。篠田がすぐに携帯を取り出した。

「篠田です。今、沢本銀次郎がタクシーで三ノ輪方面に向かっています」

「南条は西新宿の組事務所にいます」

組対五課の相葉が答えた。

「了解」

篠田は電話を切り、

「南条は組事務所にいるままだ」

と、言った。

「きょうは南条と会わないのでしょうか」

海藤が言う。

「うむ、ともかく、沢本銀次郎が何をするのか探ろう」

タクシーは三ノ輪から昭和通りに入り、上野方面に向かった。

上野を過ぎ、秋葉原を過ぎた。

篠田の携帯が鳴った。相葉警部補からだ。

「南条が事務所を出て、タクシーに乗った。新宿通りを四谷方面に向かった」

「了解」

篠田は電話を切った。

「南条も動いた」

「銀座でしょうか」

木下が言う。

「そうかもな」

篠田も応じる。

だが、タクシーは宝町で昭和通りを離れ、八丁堀のほうに曲がった。

やがて、タクシーはビルの前で停まった。少し手前で、木下は車を停めた。まだ面が割れていない若い浅村が車を下りた。

沢本はタクシーを下り、目の前のビルに入った。浅村がビルに近づく。

車をゆっくり動かし、ビルの前を行きすぎて停まる。浅村がやって来た。

「奴はどうした？」

「エレベーターで三階に行きました」

「三階に何があるのだ？」

「メンズエステサロンです」

「エステ？」

「会員制なのかあまり目立たない看板です」

「そうか」

篠田は落胆した。

電話が鳴った。

「はい。篠田です」

相葉警部補からだ。

「南条は赤坂に向かっています」

「沢本銀次郎は八丁堀のメンズエステに入りました」

「そうですか。我々はこのまま南条をつけます」

「わかりました」

電話を切り、

「きょうの接触はなさそうだ」

と、言った。

「このまま、沢本を待とう」

「はい」

海藤が応じる。

出てくるまで一時間はかかるかもしれない。そう思ったとき、また相葉から電話が入った。

「南条を見失いました」

「えっ?」

「赤坂の一ツ木通りでタクシーを下り、パチンコ屋に入りました。不審に思い、裏口にまわると案の定、南条が出てきました。それから赤坂見附駅から浅草行きの電車に乗り込んだのを確認しましたが、それ以上は追えませんでした」

「尾行に気づいていたんでしょうね」

篠田はそう言ったあとで、あっと声を上げた。

「エステに沢本がいるか確かめてくるんだ」

篠田が言うと、海藤がすぐに車を下りて、エステの入ったビルに走った。

海藤が戻ってきた。

「沢本は明日の予約だけして帰ったそうです。あのビルには裏口もあります」

「やられた」

篠田は憤然とした。


その後、ふたりが接触するところを見届けることが出来ないまま、年が明けた一月半ばに、沢本銀次郎の裁判が開かれた。

沢本は離婚していて現在は独身であり、身内は姉がいるが、没交渉ということで、事務所の小和田部長が身許引受人となり、情状証人として証言台に立った。

薬物をやめさせ、薬物関係者との付き合いも一切断たせると証言した。だが、篠田の勘では、保釈期間中にも覚醒剤をやっている。

覚醒剤の尿検査を受けたが、結果は陰性だった。打ってから二週間経って薬を抜いて検査を受けたのではないかと疑ったが、その証拠はなかった。

二週間後に判決公判があり、沢本にやはり執行猶予がついた。

それから数日後、いつものように西日暮里のマンションを見張っていた。沢本は張込みを警戒しているので、少し離れた場所にある短期賃貸のワンルームを借りた。その部屋の窓からマンションの玄関が見えるが、双眼鏡での監視になった。

沢本の部屋にときたま三十歳ぐらいのソバージュで化粧の派手な女がやってくる。毛皮のコートを着ている。

「あの女性」

沢本の愛人のようだ。

海藤があっと声を上げた。

「知っているのか」

「誰かに似ていると思っていたのですが、今思いだしました。八丁堀のエステサロンの受付にいた女性です」

「なんだって、沢本の女だったのか。よし、あの女をつけよう」

女は一晩泊まった。

篠田たちはワンルームで交代で眠った。

翌朝、沢本と女がマンションから出てきた。沢本は辺りを見まわした。張込みの車がないか調べているようだった。

安心したように、沢本は女と歩きだした。

篠田たちはワンルームを出て、ふたりを追った。

ふたりは近くのホテルの喫茶室に入った。篠田たちは車に乗り込んで見張った。一時間後に出てきて、沢本は女と別れ、マンションに戻った。

「女をつけてくれ」

篠田は海藤と浅村に言う。

「わかりました」

海藤は応じ、車から下りた。

沢本の見張りを橋田と与野に任せ、篠田はいったん事務所に戻った。

自分の席についてから、篠田は相葉警部補に電話を入れた。

「そちらはどうですか」

「だめです。どうやら、組織的に動いているようです。そちらはどうですか」

「沢本も慎重です。ただ、八丁堀のエステサロンの受付の女が沢本の部屋をたまに訪れています」

「いつか、沢本が尾行を撒《ま》くのに利用した店ですね。どんな女ですか」

「三十歳ぐらいのソバージュで化粧の派手な女です」

「ソバージュで化粧の派手な？」

「ええ。なにか」

「一度、南条がそのような特徴の女と会っていました」

「ひょっとして」

「ええ、その女を介して物のやりとりをしているのでは？」

「その可能性がありますね」

その後、海藤から電話があった。女は新富町の古いマンションに住んでいて、糸川舞子《いとかわまいこ》という名だという。

数日後、篠田たちは新富町のマンションに張込んでいた。狙いは郵便物、あるいは宅配だ。

一昨日の午後、高良組の組員の坊主頭の若い男が郵便局のレターパックを幾つかポストに投函したという連絡を受けていた。

昨日は届かなかったので、今日かもしれない。もっとも組員が投函したレターパックの宛て先が糸川舞子かどうかはわからない。

昼過ぎ、郵便配達員のバイクがマンションの前で停まった。海藤がすぐに車を下り、マンションに駆けた。

配達員が郵便受けに郵便物を入れているのを海藤が見ている。鍵なしの郵便受けだ。配達員が引き上げて、海藤はロビーに入った。

すぐに海藤は出てきて車に戻った。

「糸川舞子の郵便受けに入ってました」

捜索令状がなくて中身を確かめることは出来ないが、覚醒剤である可能性が高いと思った。

糸川はこれをエステの店に持ち込み、自分のロッカーに隠して、沢本がやってきたときに渡しているのではないか。それとも、沢本のマンションに行くとき、持って行くか。そのいずれかで、沢本は南条から覚醒剤を受け取っているのだ。おそらく、金は糸川舞子が沢本の代わりに相手の口座に振り込んでいるのではないか。

その二日後の朝、糸川舞子が裏にあるマンションのごみ置き場にごみを捨てに行ったのを確かめた。

彼女が部屋に戻ったあと、ごみ置き場に行き、彼女が持ってきたと思われるごみを車に持ち込んだ。

中に、レターパックがあった。差出人は大坂花子。いかにも偽名っぽい。住所は新宿区西新宿……。

まだ、これだけでは高良組が送ったという証拠にはならない。

「糸川舞子に職質をかけましょうか」

海藤がきいた。

沢本は口が固かったが、糸川舞子は簡単に落ちるかもしれない。

篠田たちは糸川舞子が出てくるのを待った。

十時過ぎに、糸川舞子がマンションから出てきた。八丁堀のエステサロンに出かけるのだ。

篠田と海藤は彼女に近づいた。

「糸川舞子さんですね」

海藤が確かめる。

「なんですか。あっ、あなたは？」

「一度、去年の暮れ、沢本銀次郎さんのことでお訊ねしました。麻取の海藤です」

海藤は身分証明証を見せて、

「荷物を検めさせていただいてもよろしいでしょうか」

と、きいた。

「いやです。なぜ、見せなきゃならないんですか」

「新宿の大坂花子というひとから何か届きましたね」

「………」

「大坂花子とは誰ですか」

「そんなこと言う必要はありません。プライバシーの侵害じゃありませんか」

「大坂花子は偽名ですね。新宿にある組事務所の人間が覚醒剤を郵送している可能性があるのです」

「関係ありません」

「そうですか。では、令状を取り寄せ、あなたのマンションの部屋と八丁堀のエステサロンにガサ入れをすることになりますが」

海藤は脅した。

「そんな」

糸川舞子はうろたえた。

「見せていただけますね」

海藤が手を伸ばすと、糸川舞子はバッグを差し出した。

中を検めていた海藤がパケの入った袋を見つけた。

「これは覚醒剤ですね」

「はい」

「午前十時三十五分、覚醒剤所持の疑いで逮捕します」

海藤は宣した。

篠田はたくましくなった海藤を目を細めて見ていた。

麻薬取締部の事務所に連行し、糸川舞子の尿検査をしたが、陰性だった。

取り調べがはじまった。

刑事訴訟法に基づき、黙秘権などの告知を型通りしてから取り調べに入った。

「あなたは薬は？」

海藤が確かめた。

「やっていません」

「どうして？　沢本銀次郎はやっているでしょう？」

「私は体質的に合わないんだと思います。以前に一度打ったとき、心臓がぱくぱくして息も出来なくなったんです。それ以来、怖くなって」

「じゃあ、沢本銀次郎と行為に及ぶときは？」

「彼だけやります。薬をやると勃起が凄く、長持ちして……」

糸川舞子は恥じらいながら言う。

「南条恭二という男を知っていますか」

「…………」

海藤がさらに迫った。

「どうしました？」

「ええ」

糸川舞子は俯いた。

「知っているんですね」

「困るんです」

「困る？　ひょっとして、脅された？」

脇から、篠田がきいた。

「………」

糸川舞子は俯く。

「安心して。あなたに指一本触れさせません」

海藤が力づける。

糸川舞子は頷いてから、

「薬の受け渡しの間に立つ私を知っておきたいというので、沢本銀次郎に頼まれて。そのとき、万が一のとき、南条の名を出したらただじゃすまないと脅されました」

「そのとき、品物はあなたのマンションに郵送するという約束をしたのですね」

「そうです。金を渡したら送ってくることに」

「金はどうやって？」

「エステから帰るとき、若い男が待っていました」

「どんな男ですか」

「坊主頭で顎鬚を生やしていました」

「よく、話してくれました。あなたの身の安全は我々が責任を持ちます」

篠田は安心させるように言った。

それから、沢本銀次郎を再び、覚醒剤使用の疑いで逮捕し、今度は売人が南条である
との証言を得た。

翌日、西新宿にある組事務所の捜索差押許可状を裁判所から得て、組織犯罪対策五課
と麻薬取締官との合同で、高良組の事務所にガサ入れをかけた。

事務所の扉を開け、捜査員がなだれ込む。

「組対五課と麻取の合同のガサ入れだ」

相葉警部補が令状を見せた。

「なんの疑いですかね」

南条恭二が奥から出てきた。眉毛の薄いきつね目の男だ。

「南条、久しぶりだな。覚醒剤だ」

相葉警部補が大声を出した。

「冗談じゃありませんぜ。俺たちはそんなものに手を出しちゃいませんぜ」

「沢本銀次郎に覚醒剤を売ったはずだ」

篠田が前に出て言う。

「とんでもない。沢本銀次郎は俺のダチの本間って男と親しかったから知っているだけ
ですぜ」

「本間は売人だった。本間はここからシャブを仕入れていたのだ」

「ちっ、話にならねえな。じゃあ、存分に調べてもらいましょう」

南条は口元を歪めて言う。

「よし、はじめる」

相葉警部補の号令で、捜索がはじまった。

捜索開始から三十分経ったが、見つからなかった。簡単に見つかる場所には隠しはしないのでもくもくと捜していたが、一時間が過ぎて、篠田はだんだん焦ってきた。見つからないのだ。

特別な隠し場所があるとは思えなかった。当たり前過ぎる場所で、かえって見過ごしたか。改めて机の抽斗やロッカー、さらに書類の間などを調べた。

「篠田さん。ありません」

海藤が耳元で囁いた。

相葉警部補も厳しい顔つきになった。

ガサ入れを予期して、急遽証拠隠滅を図ったという様子ではなかった。ここには最初からなかったのだ。

「どうしました？　まだ続けますか」

南条がにやつきながらきいた。

「まだだ」

相葉が答えてから、

「おや、南条。いつもの金のネックレスはどうした?」

と、南条の胸元を見た。

一瞬、南条は顔をしかめ、

「どうだっていいでしょう」

と、応じた。

「ああ、どうだっていい」

「それより、まだ続けるつもりですか」

「別に部屋があるな」

篠田は言った。

「さあね」

南条はとぼけた。

だが、結局、何も出なかった。

「このおとしまえ、どうつけるんですね」

「南条。必ずきさまの首根っこをつかんでやる」

篠田は拳を握りしめたが、こっちの負けだった。

南条らに罵声を浴びせられながら、篠田たちはすごすごと退散せざるを得なかった。

5

満開の桜だ。のぞみは厚木の駅前まで行って帰ってきた。最近は、積極的に外出している。もう覚醒剤の誘惑に負けない自信もついてきた。もっとも、思いがけぬことから覚醒剤への欲求が起こる可能性がないわけではない。だから、そのことも自覚しながら過ごしている。

『ダルク女性センター』に帰ると、のぞみは代表の高井雅美に呼ばれた。

高井雅美の部屋に行くと、嶋武郎が来ていた。

「おじさん」

のぞみは会釈をした。

「のぞみちゃん。高岡に帰る気があるか」

いきなり、嶋が口にした。

「帰りたい」

「高岡で暮らすのだ」

「うん。でも」

のぞみは高井雅美の顔を見た。

「しずかさん、いいえ、奥村さん。嶋さんと話したんだけど、もうあなたはだいじょうぶ。

退所して、新しい人生をはじめなさい」

「ほんとうですか」

のぞみは言ったあとで、

「ここに残って、私と同じように苦しんでいるひとたちの支援をしたいとも思っていたんですが」

と、口にした。

「あなたがそう言ってくれるのはうれしいわ。でも、あなたにとっては高岡に帰るのが一番いいように思うの。そこでお父さまを……」

高井雅美は父の犯したことを知っている。

「のぞみちゃんが高岡の家で暮しはじめれば、お父さんも安心して姿を……」

嶋は気づかうように言った。

「ええ」

最近、父はやってこなかった。最後に来たのは年明けだから、もう三か月も顔を見せない。最後にやってきたとき、しばらく来られないからと言っていた。

嶋が言うように、自分が高岡の家に帰れば父も安心し姿を現わしてくれるかもしれない。

「わかりました。そのようにさせていただきます」

のぞみはふたりに頭を下げた。

「じつは仕事先も当てがあるんだ。もちろん、君が気に入ればだがね」

嶋は微笑んだ。

「おじさん、ありがとう」

「でも、正直言って驚いているの」

高井雅美が言い出した。

「あなたの回復が目ざましいから」

父のおかげだと思わず口に出かかったが、まだ言うのは早いと思った。


その夜、のぞみがベッドに入ってどのくらい経ったか。

気配に目を覚ますと、父が立っていた。

「父さん。来ていたの」

父は黙って頷く。

「ねえ、聞いて。私、ここを出て高岡に帰ることになったの。もう、だいじょうぶなんだよ。心配かけたけど」

「それはよかった」

父はなぜか元気がなかった。

「父さん、どうしたの？」

「じつはな、父さん、遠いところに行かなくちゃならなくなったんだ」

「遠いところ?」

「ああ、もう会えないんだ」

「そんな」

のぞみは驚いて、

「父さん。まさか、死ぬ気じゃないでしょうね」

「…………」

「父さん、もし本間を殺したのなら自首して。罪をつぐなって帰ってきて。そして、いっしょに暮らそう。ねえ、父さん」

のぞみは焦った。父は自殺するのではないかと思った。

「父さんはおまえが生まれてくれて仕合わせだった。のぞみ、父さんは遠くからおまえの仕合わせを祈っているからな」

「そんなこと言わないで。父さん、死んじゃだめ」

「おまえが愛した本間明を殺したのは父さんじゃない。本間明の死体が見つかったところに父さんが犯人ではないという証拠が埋まっているんだ。頼むから調べてみてくれ」

「父さん」

「これからとてつもなく苦しいことがあったら、父さん、助けてと心の中で叫ぶんだ。父さんがきっと守ってやるから」

「どうして、どうして」

「のぞみ。おまえが仕合わせになってくれたら、父さんはそれで満足だ。じゃあ、もう行くから」

「いや、行かないで。行っちゃいや」

のぞみは叫んだ。

はっと目を覚まし、半身を起こした。どこにも父がいた気配はない。

夢……。夢だったのかと、のぞみは溜め息をついた。でも、なまなましい感覚があった。


翌朝、のぞみは嶋武郎に電話をした。

「おじさん、今、お電話だいじょうぶ？」

「ああ、だいじょうぶだ。なんだね」

「昨夜、父さんの夢を見たの」

「そうか。ずいぶん会っていないからな」

「じつは、父さん、ここに会いに来てくれていたの」

「なんだって。ほんとうか」

「ええ。私がここまで回復出来たのは父さんが毎晩のようにやってきて見守ってくれていたからなの」

「そうだったのか」

嶋は驚きを隠せずに言う。

「でも、今年の一月の最初の頃にやって来たのが最後で、それから来てくれなかった」

「…………」

「それで昨夜、夢に父さんが出てきたの」

のぞみは深呼吸をして、

「父さん、これから遠いところに行くからもう会えないって」

「遠いところ……」

息を吞む嶋の気配が伝わってきた。

「それから、こう言ったの。本間明を殺したのは父さんじゃない。本間明の死体が見つかったところに父さんが犯人ではないという証拠が埋まっているって」

のぞみは訴えた。

「おじさん。お願い。本間明の死体が見つかったところに連れていって」

「しかし」

「お願い。単なる夢とは思えないの。その言葉ははっきり聞こえたのよ」

「……わかった。なんとかする」

戸惑った様子ながら、嶋は請け合った。

「お願いします」

電話を切ったあと、のぞみはふと近くに父がいるような気がしていた。

嶋武郎から電話を受け、篠田は考え込んだ。

奥村順治が『ダルク女性センター』ののぞみの部屋に連日のように現われていたことが信じられなかった。

それより、本間明の死体が見つかったところに奥村順治が犯人ではないという証拠が埋まっているという話に戸惑いを禁じ得なかった。しかし、単なる夢だと切り捨てに出来ない何かを、篠田は感じた。

深川中央署の桧山治平警部補に電話をして奥村のぞみの夢の話をした。

「夢ですか」

桧山は冷やかに応じた。

「単に夢だからと言って見過ごしていいものか。公開捜査をしているにも拘らず、奥村順治の行方はいまだにわかりません。本間明の死体が発見された場所にまだ何か見落としていたものがあるのではないでしょうか」

篠田は説いた。

「そうですな。わかりました。高岡署の谷口さんに相談してみます」

「よろしくお願いいたします」

電話を切った一時間後に、桧山から電話があった。谷口も承諾してくれたとのことだった。

四月半ば。高岡市と氷見市の境にある桜峠トンネル近くの山中に大勢の警察官が集まっていた。

篠田が高岡署の谷口に挨拶をしていると、嶋武郎が車でやって来た。のぞみもいっしょだった。のぞみは犬を連れていた。ジローだろうと思った。

篠田はふたりといっしょに谷口の案内で、樹木の奥に行った。

「ここに本間明の死体が埋まっていました」

谷口が指さした。

「お願いです。その下を掘ってください」

のぞみは訴えた。

「わかりました」

谷口の合図で、鑑識員が発掘を開始した。

慎重に掘った土を調べながら、みるみる間に土が掘り返されていった。

しかし、何も出てこなかった。作業は終わった。一同に落胆の声が漏れた。

のぞみは掘られた穴をじっと見つめていた。篠田はなんと声をかけようか迷った。所詮夢だったのだ。

そう思ったとき、のぞみの足元にいた犬が突然吠え、のぞみの手を離れ、穴の中に飛び込んでいった。

「ジロー」

のぞみが叫ぶ。

ジローは穴の底の土を足でかき、悲しげな鳴き声で鼻をつけた。

「父はここにいます」

のぞみが悲鳴のように叫び、

「ここを掘ってください」

と、訴えた。

「お願いします」

篠田も頼んだ。

再び、さらに深く土が掘り返された。

突然、悲鳴のような声があがった。

「ひとだ」

それから、丁寧に土が掘られ、やがて男の亡骸《なきがら》が現われた。土の中にいたせいか、それほど腐敗は進んでいなかった。

奥村順治だった。

「父さん」

のぞみが叫んでそばに駆け寄った。

くずおれそうになるのぞみを、嶋が支えた。

のぞみは嗚咽をこらえながら父親の死体を見ていた。

「まさに、お父さんが本間明を殺していない証拠ですね」

篠田は痛ましげに言い、

「お父さんは本間明と同時に殺されていたのです」

と、付け加えた。

「でも、父は毎晩のように私に会いに来てくれました」

のぞみは涙声で言う。

「私はダルクを一晩中見張ったことがあります。誰も現われなかった。建物も夜は鍵がかかり、外部から侵入は無理です」

「あれはなんだったのですか」

「覚醒剤の離脱症状による幻覚だったと思います。あなたのお父さんへの想いと願望が幻覚を生んだのです。今年のはじめからお父さんがやって来なくなったのはあなたの症状が改善したからです」

「じゃあ、あの夢は？」

「あなたが幻覚を見なくなったから夢に出てきたのでしょう。ただ、このことをどう説明していいかわかりません」

なぜ、死体がここにあることがのぞみにわかったのか。夢でわかるはずはない。

「あなたのお父さんへの想いと願望が幻覚を生んだと言いましたが、それだけではないのかもしれません」

「…………」

「お父さんはあなたの幻覚と夢を利用して、あなたに会いに行っていたのかもしれません。お父さんは死んだあともあなたに寄り添っていたんですよ」

「父さん」

のぞみは嗚咽を堪えきれなくなっていた。

篠田は谷口と桧山のところに戻った。

「死体が握っていました」

谷口が金のネックレスを見せた。

「おそらく犯人のものでしょう。争っていて、もぎりとったのでしょう」

桧山が応じる。

「これは高良組の南条恭二のものかもしれません」

奥村順治は犯人の告発もしていたのだ。

一週間後、南条恭二は奥村順治と本間明殺しで逮捕された。

去年の五月、本間明が奥村順治に会うために新幹線で高岡に向かったが、南条は組の若い男とふたりで、車で高岡に行った。そして、本間の指定で桜峠トンネル近くの山中の現場に穴を掘って、本間明たちがやってくるのを待ったということだった。

売人の金子達也が麻取に目をつけられたことから、本間明が口封じのために金子を殺した。ところが、本間に疑いが向き、高良組にも飛び火することを恐れ、組長が本間殺しを命じたという。奥村順治が娘のことで本間を恨んでいることを利用し、奥村順治が本間を殺して逃亡しているように見せかけた。奥村順治の足どりをカモフラージュするため、車は新高岡駅近くの駐車場に移動した。

本間の死体のさらにその下に埋めれば永久的に奥村順治の死体は見つからないだろうという計算だった。だから、奥村順治を襲ったとき、揉み合いになって金のネックレスをとられたことにあとになって気づいたが、奥村順治の死体が見つからなければ問題はないと安心していた。

どうして奥村順治の死体が発見されたのか不思議だと、南条は話していたという。殺人での南条逮捕で組員は動揺し、覚醒剤の隠し場所である同じビルの他の部屋のことを白状した。

五月の末。篠田のもとに嶋武郎から電話があった。

「のぞみちゃんは高岡の家で、ジローといっしょに仲良く暮らしています」

「そうですか。でも、寂しいでしょうね」

「いや、そうでもないようです。仏壇に位牌がひとつ増えたけど、いつもすぐ近くに父さんがいてくれるような気がしているので寂しくないと言っています。でも、ほんとうは寂しいのでしょうが、前向きに頑張っています」

「そうですか。で、仕事は？」

「高岡は鋳物や漆器などの伝統工芸が発達しているんです、その鋳物工房のギャラリーでスタッフとして元気に働いています」

「嶋さんが世話を？」

「ええ。じつはそこの工房に私が前からのぞみちゃんにどうだろうと目をつけていた若い職人がいたもので」

「そうですか」

「それがまだ日が浅いにも拘らず、ふたりはいい関係のようです」

「では、嶋さんの思惑どおりに」

「ええ。そうなるといいのですが」

嶋は言ってから、

「篠田さん、一度高岡に遊びにきませんか。のぞみちゃんもよろこぶと思います」

「ええ、ぜひ」

そう言って電話を切ったが、麻取の現役でいる限り、そんな余裕はなかった。

篠田の唯一の楽しみは、麻薬の売人を捕まえて一息ついたとき、事務所の帰りに木下や海藤らと居酒屋で酒を酌み交わすことだけだった。

もっと器用な生き方が出来れば家庭を壊さずに麻取人生を送れたろうが、篠田は覚醒剤を撲滅することしか目に入らなかった。

それから数日後、篠田は部長に呼ばれて席まで行った。

「そこに座って」

「はい」

篠田は椅子を引いて腰をおろした。

「つかぬことをきくが、別れた奥さんの再婚相手の名を知っているかね」

「いえ、知りません。まったく没交渉ですから」

「娘さんは確か、のぞみさんだったな」

「はい」

「幾つになる？」

「部長、いったい、何の話でしょうか」

篠田は訝しげにきいた。

「じつは今年の新人に、下川《しもかわ》のぞみという女性がいるのだ。心当たりはないか」

「いえ」

「俺も面接をしたひとから聞いたのだが、麻薬取締官を志した動機は覚醒剤をこの世からなくしたいという思いからだと熱く語ったそうだ」

「そうですか」

「生き別れになった父が麻薬取締官だったそうだ」

「……………」

「仕事のために家庭を顧みず、自分も母も寂しい思いをした末に離婚した。自分もそんな父を許せなく、その後一度も会っていない。母の再婚相手は彼女を大学にあげてくれた。大学は薬学部に入った。いつしか、自分も覚醒剤常習者に手を差し伸べ、この世から覚醒剤を撲滅することに人生をかけたいと」

「……………」

「今、仕事を知って、生き別れになった父のことが少しは理解できたそうだ」

「……………」

「ずっと恨んできた父親と同じ道を歩みだした。不思議なものだ。やはり、血の繋がった父娘だな」

十二歳で別れたままののぞみの顔が蘇って、篠田は胸の底から込み上げてくるものを必死に抑えていた。

この作品は「文春文庫」のために書き下ろされたものです。

DTP制作　エヴリ・シンク

文春文庫

父《ちち》の声《こえ》

定価はカバーに
表示してあります

2022年7月10日　第1刷
2022年8月30日　第3刷

著　者　小《こ》杉《すぎ》健《けん》治《じ》
発行者　大沼貴之
発行所　株式会社　文藝春秋

東京都千代田区紀尾井町3-23　〒102-8008
TEL　03・3265・1211㈹
文藝春秋ホームページ　http://www.bunshun.co.jp

落丁、乱丁本は、お手数ですが小社製作部宛お送り下さい。送料小社負担でお取替致します。

印刷・凸版印刷　製本・加藤製本
Printed in Japan
ISBN978-4-16-791906-1

（　）内は解説者。品切の節はご容赦下さい。

赤川次郎
赤川次郎クラシックス 幽霊列車
山間の温泉町へ向う列車から八人の乗客が蒸発。中年警部・宇野は推理マニアの女子大生・永井夕子と謎を追う――。オール讀物推理小説新人賞受賞作を含む記念碑的作品集。（山前　譲）
あ-1-39

赤川次郎
幽霊記念日
英文学教授の息子の自殺の原因とされた女子大生が、その偲ぶ会の会場となった学園で刺された。学部長選挙がらみの事件で学園中が大混乱に陥った。好評「幽霊」シリーズ第七冊目。

あ-1-16

赤川次郎
幽霊散歩道《プロムナード》
オニ警部宇野と女子大生の夕子がTVのエキストラに出演中、殺人事件と首吊り事件が発生。無理心中か、はたまた真犯人はいるのか？　騒然とするスタジオで名コンビの推理が冴える。

あ-1-17

赤川次郎
幽霊協奏曲
美貌のピアニストと、ヴァイオリニストの男。因縁の二人が舞台で再会し、さらに指揮者が乱入？　ステージの行方は……。「後ろ姿の夜桜」「夕やけ小やけ」など全七編を収録。

あ-1-46

赤川次郎
マリオネットの罠
私はガラスの人形と呼ばれていた――。森の館に幽閉された美少女、都会の空白に起こる連続殺人。複雑に絡み合った人間の欲望を鮮やかに描いた、赤川次郎の処女長篇。（権田萬治）
あ-1-27

阿刀田　高
ローマへ行こう
忘れえぬ記憶の中で、男は、そして女も、生きたい時がある。あれは夢だったのだろうか。夢と現実を行き交うような日常の不可解を描く、大切な人々に思いを馳せる珠玉の十話。（内藤麻里子）
あ-2-27

我孫子武丸
裁く眼
法廷画家が描いた美しい被告人女性と裁判の絵がテレビ放送された直後、彼は何者かに襲われた。絵に描かれた何が危険を呼び込んだのか？　展開の読めない法廷サスペンス。（北尾トロ）
あ-46-4

火村英生に捧げる犯罪　有栖川有栖
臨床犯罪学者・火村英生のもとに送られてきた犯罪予告めいたファックス。術策の小さな綻びから犯罪が露呈する表題作他、哀切でエレガントな珠玉の作品が並ぶ人気シリーズ。（柄刀　一）
あ-59-1

菩提樹荘の殺人　有栖川有栖
少年犯罪、お笑い芸人の野望、学生時代の火村英生の名推理、アンチエイジングのカリスマの怪事件とアリスの悲恋。「若さ」をモチーフにした人気シリーズ作品集。（円堂都司昭）
あ-59-2

国語、数学、理科、誘拐　青柳碧人
進学塾で起きた小6少女の誘拐事件。身代金5000円、すべて1円玉で?!　5人の講師と生徒たちが事件に挑む。「読むと勉強が好きになる」心優しい塾ミステリ！（太田あや）
あ-67-2

国語、数学、理科、漂流　青柳碧人
中学三年生の夏合宿で島にやってきたJSS進学塾の面々。勉強漬けの三泊四日のはずが、不穏な雰囲気が流れ始め、ついには行方不明者が！　大好評塾ミステリー第二弾。
あ-67-4

希望が死んだ夜に　天祢　涼
14歳の少女が同級生殺害容疑で緊急逮捕された。少女は犯行を認めたが動機を全く語らない。彼女は何を隠しているのか？捜査を進めると意外な真実が明らかになり……。（細谷正充）
あ-78-1

サイレンス　秋吉理香子
深雪は婚約者の俊亜貴と故郷の島を訪れるが、彼には秘密があった。結婚をして普通の幸せを手に入れたい深雪の運命が狂い始める。一気読み必至のサスペンス小説。（澤村伊智）
あ-80-1

お局美智　経理女子の特命調査　明日乃
地方の建設会社の経理課に勤める美智。普段は平凡なOLだが、会社を不祥事から守るため、会長から社員の会話を盗聴する特命を負っていた――。新感覚〝お仕事小説〟の誕生です！
あ-83-1

（　）内は解説者。品切の節はご容赦下さい。

池井戸　潤
株価暴落
連続爆破事件に襲われた巨大スーパーの緊急追加支援要請を巡って白水銀行審査部の板東は企画部の二戸と対立する。日本経済の闇と向き合うバンカー達を描く傑作金融ミステリー。
い-64-1

乾《いぬい》　くるみ
イニシエーション・ラブ
甘美で、ときにほろ苦い青春のひとときを瑞々しい筆致で描いた青春小説――と思いきや、最後の二行で全く違った物語に！「必ず二回読みたくなる」と絶賛の傑作ミステリ。（大矢博子）
い-66-1

乾　くるみ
セカンド・ラブ
一九八三年元旦、春香と出会った。僕たちは幸せだった。春香とそっくりな美奈子が現れるまでは。『イニシエーション・ラブ』の衝撃、ふたたび。究極の恋愛ミステリ第二弾。（円堂都司昭）
い-66-5

乾　くるみ
リピート
今の記憶を持ったまま昔の自分に戻る「リピート」。人生のやり直しに臨んだ十人の男女が次々に不審な死を遂げて……。『イニシエーション・ラブ』の著者が放つ傑作ミステリ。（大森　望）
い-66-2

石持浅海
殺し屋、やってます。
《650万円でその殺しを承ります》――コンサルティング会社を経営する富澤允。しかし彼には、殺し屋という裏の顔があった…。殺し屋が日常の謎を推理する異色の短編集。（細谷正充）
い-89-2

伊東　潤
横浜1963
戦後の復興をかけた五輪開催を翌年に控え、変貌していく横浜で起きた女性連続殺人事件。日米ハーフの刑事と日系三世の米軍SPが事件の真相に迫る社会派ミステリ。（誉田龍一）
い-100-3

内田康夫
汚れちまった道（上下）
「ポロリ、ポロリと死んでゆく」――謎の言葉を遺し、萩で行方不明になった新聞記者。中原中也の詩、だんだん見えてくる大きな闇と格闘しながら浅見は山口を駆け巡る！（山前　譲）
う-14-22

内田康夫
氷雪の殺人
利尻富士で、不審死したひとりのエリート社員。あの日、利尻島にわたったのは誰だったのか。警察庁エリートの兄とともに謎を追う浅見光彦が巨大組織の正義と対峙する！（自作解説）
う-14-24

内田康夫
贄門島《にえもんじま》（上下）
二十一年前の父の遭難事件の謎を追う浅見光彦は、房総に浮かぶ美しい島を訪れる。連続失踪事件、贄送り伝説――因習に縛られた島の秘密に迫る浅見は生きて帰れるのか？（自作解説）
う-14-25

歌野晶午
葉桜の季節に君を想うということ
元私立探偵・成瀬将虎は、同じフィットネスクラブに通う愛子から霊感商法の調査を依頼された。その意外な顚末とは？　あらゆる賞を総なめにした現代ミステリーの最高傑作。
う-20-1

歌野晶午
春から夏、やがて冬
スーパーの保安責任者・平田は万引き犯の末永ますみを捕まえた。偶然の出会いは神の導きか、悪魔の罠か？　動き始めた運命の歯車が二人を究極の結末へと導いていく。（榎本正樹）
う-20-2

歌野晶午
ずっとあなたが好きでした
バイト先の女子高生との淡い恋、美少女の転校生へのときめき、人生の夕暮れ時の穏やかな想い……。サプライズ・ミステリーの名手が綴る恋愛小説集は、一筋縄でいくはずがない!?（大矢博子）
う-20-3

冲方　丁
十二人の死にたい子どもたち
安楽死をするために集まった十二人の少年少女。全員一致で決を採り実行に移されるはずのところへ、謎の十三人目の死体が!?　彼らは推理と議論を重ねて実行を目指すが。（吉田伸子）
う-36-1

江戸川乱歩・湊　かなえ　編
江戸川乱歩傑作選　鏡
湊かなえ編の傑作選は、謎めくパズラー「湖畔亭事件」、ドンデン返し冴える「赤い部屋」他、挑戦的なミステリ作家・乱歩に焦点を当てる。（解題／新保博久・解説／湊　かなえ）
え-15-2

（　）内は解説者。品切の節はご容赦下さい。

江戸川乱歩・辻村深月 編
江戸川乱歩傑作選　蟲
没後50年を記念する傑作選。辻村深月が厳選した妖しく恐ろしい名作。恋に破れた男の妄執を描く「蟲」。四肢を失った軍人と妻の関係を描く「芋虫」他全9編。（解題／新保博久・解説／辻村深月）
え-15-3

折原 一《いち》
異人たちの館
樹海で失踪した息子の伝記の執筆を母親から依頼された売れない作家・島崎の周辺で次々に変事が。五つの文体で書き分けられた目くるめく謎のモザイク。著者畢生の傑作！（小池啓介）
お-26-17

折原 一
侵入者　自称小説家
聖夜に惨殺された一家四人。迷宮入りが囁かれる中、遺族から調査を依頼された自称小説家は、遺族をキャストに再現劇を行い、犯人をあぶり出そうと企てる。異様な計画の結末は!?（吉田大助）
お-26-18

折原 一
死仮面
仕事も名前も隠したまま突然死した夫。彼が残した「小説」には、謎の連続少年失踪事件が綴られていた。DV癖のある前夫に追われながら、真実を探す旅に出たが……。（末國善己）
お-26-19

大沢在昌
闇先案内人（上下）
「逃がし屋」葛原に下った指令は、「日本に潜入した隣国の重要人物を生きて故国へ帰せ」。工作員、公安が入り乱れ、陰謀と裏切りが渦巻く中、壮絶な死闘が始まった。（吉田伸子）
お-32-3

恩田 陸
まひるの月を追いかけて
異母兄の恋人から兄の失踪を告げられた私は、彼女と共に兄を捜す旅に出る。次々と明らかになる事実は、真実なのか――。恩田ワールド全開のミステリー・ロードノベル。（佐野史郎）
お-42-1

恩田 陸
夏の名残りの薔薇
沢渡三姉妹が山奥のホテルで毎秋、開催する豪華なパーティ。不穏な雰囲気の中、関係者の変死事件が起きる。犯人は誰なのか、そもそもこの事件は真実なのか幻なのか――。（杉江松恋）
お-42-2

（　）内は解説者。品切の節はご容赦下さい。

恩田 陸
木洩れ日に泳ぐ魚
アパートの一室で語り合う男女。過去を懐かしむ二人の言葉に、意外な真実が混じり始める。初夏の風、大きな柱時計、あの男の背中。心理戦が冴える舞台型ミステリー。（鴻上尚史）
お-42-3

恩田 陸
夜の底は柔らかな幻（上下）
国家権力の及ばぬ〈途鎖国〉。特殊能力を持つ在色者たちがこの地の山深く集う時、創造と破壊、歓喜と惨劇の幕が切って落とされる！　恩田ワールド全開のスペクタクル巨編。（大森 望）
お-42-4

恩田 陸
終りなき夜に生れつく
ダークファンタジー大作『夜の底は柔らかな幻』のアナザーストーリーズ。特殊能力を持つ「在色者」たちの凄絶な過去が語られる。至高のアクションホラー。（白井弓子）
お-42-6

大山誠一郎
密室蒐集家
消え失せた射殺犯、密室から落ちてきた死体、警察監視下で起きた二重殺人。密室の謎を解く名探偵・密室蒐集家。これぞ究極の密室ミステリ。本格ミステリ大賞受賞作。（千街晶之）
お-68-1

大山誠一郎
赤い博物館
警視庁付属犯罪資料館の美人館長・緋色冴子が部下の寺田聡と共に、過去の事件の遺留品や資料を元に難事件に挑む。超ハイレベルで予測不能なトリック駆使のミステリー！（飯城勇三）
お-68-2

太田紫織
あしたはれたら死のう
自殺未遂の結果、数年分の記憶と感情の一部を失った遠子。その時に亡くなった同級生の少年・志信と自分はなぜ死を選んだのか――遠子はSNSの日記を唯一の手がかりに謎に迫るが。
お-69-1

太田紫織
銀河の森、オーロラの合唱
地球へとやってきた、慈愛あふれる宇宙人モーンガータ（見た目はほぼ地球人）。オーロラが名物の北海道陸別町で宇宙人と暮らす日本の子どもたちが出会うちょっとだけ不思議な日常の謎。
お-69-2